D

Linda Stift

KEIN EINZIGER TAG

Roman

Deuticke

1 2 3 4 5 15 14 13 12 11

ISBN 978-3-552-06160-6

Satz: Eva Kaltenbrunner-Dorfinger, Wien
Druck und Bindung: CPI – Ebner & Spiegel, Ulm
Printed in Germany

I

DER BRUDER

Wenn ich jetzt allein bin, weiß ich manchmal nicht, was ich denken soll. Ich bin nicht gewöhnt, allein zu sein und nur zu denken.
Ein Zwilling

Ein entsetzlich vertrautes Gewicht ist an meiner rechten Seite. Das kann nur eine Sinnestäuschung sein. Früher habe ich oft davon geträumt und bin schweißgebadet und zitternd aufgewacht. Die Welt war dann wieder ganz klein und eng. An Schlafen war nicht mehr zu denken. Ich musste Beruhigungstabletten nehmen. Vor ein paar Jahren haben diese Träume schlagartig aufgehört. Ich fühlte mich wohl in Sicherheit. Ich möchte mich aufrichten, aber ich werde durch das Gewicht schmerzhaft zurückgehalten. Es zerrt an mir. Mir wird übel. Ich lege meinen Kopf wieder auf das Kissen und schließe die Augen. Ich will mich zur Seite drehen, um die Übelkeit abzuwenden, aber es geht nicht. Jetzt erst bemerke ich, dass Paco neben mir liegt, und nach einigen endlos langen Sekunden begreife ich, dass ich keiner Sinnestäuschung unterliege.

Ich saß in meinem Stammlokal Yamamoto, am Laufband für die Running Sushis. Es gab nicht nur Sushis, sondern diverse ostasiatische Gerichte, zugeschnitten auf den westlichen Magen, angerichtet auf Tellerchen und Schüsselchen im Miniformat. Der Italiener nebenan lieferte dem Yamamoto kleine Tiramisuquadrate und Pannacottazylinder, das Wiener Café auf der anderen Seite Miniapfelstrudel, denn der westliche Gaumen braucht zum Abschluss eines Essens ausreichend Zucker und Fett, daran fehlt es den asiatischen Desserts meist, vor allem an Fett. Am liebsten saß ich vor dem Laufband und ließ mich von den vorbeiziehenden kleinen Plastikkuppeln in einen Trancezustand versetzen.

Das Bild *Nachtschwärmer* von Edward Hopper kam mir dabei immer in den Sinn. Auf den ersten Blick scheint eine volle Sushi-Bar am Tag das genaue Gegenteil einer schlecht besuchten Bar im nächtlichen Manhattan zu sein. Aber die Einsamkeit des allein an der Theke Sitzenden ist dieselbe, egal, ob rund um ihn wenige oder viele Leute anwesend sind, egal auch, ob die Speisen vom Förderband oder von einem Kellner gebracht werden.

Wenn der erste Hunger gestillt war und ich mit gezügeltem Interesse warten konnte, was da noch kommen mochte, ohne mit jemandem in einen Esswettkampf treten zu müssen, fühlte ich mich am wohlsten. In der Kücheninsel, um die das Laufband ruckelte, konnte man beobachten, was als nächstes produziert wurde. Mehrere Köche arbeiteten gleichzeitig an verschiedenen Speisen und stellten sie dann auf das Laufband. Jeder Koch war für sein Produkt vom Anfang bis zum Ende verantwortlich. Manchmal reichte ein Koch einem Gast einen Teller direkt über das Laufband hinweg, eine besondere Auszeichnung, die man nicht ablehnen durfte.

»Hallo Paul! Ich habe einen Hunger wie ein Löwe.«

Paco bat meinen linken Sitznachbarn, sich einen Platz weiter zu setzen. Dem Angesprochenen fielen knapp vor dem Mund die glitschigen Weizennudeln herunter, die er sich zuvor mühsam zwischen die Stäbchen geklemmt hatte. Vier Leute mussten aufstehen und weiterrücken, damit Paco neben mir sitzen konnte. Ich nahm mir rasch einen Teller vom Band.

Paco rief mit seiner dröhnenden geschulten Stimme

nach dem Kellner, der wortlos seine Getränkebestellung aufnahm. Paco öffnete bei fünf oder sechs Tellern die durchsichtige Kunststoffglocke, bevor er einen herunternahm. Die verschmähten Speisen zogen mit verrutschter Glocke davon.

»Was gibt's Neues?«, fragte Paco.

»Bin ich dein Auskunftsbüro?«

»Ich habe eine gute Nachricht. Ich bleibe noch zwei Wochen hier, die Dreharbeiten verlängern sich.«

»Hm.«

»Mir gefällt's hier. Am Set habe ich nichts mehr zu tun, aber der Regisseur will, dass alle Schauspieler bis zum Ende der Dreharbeiten anwesend sind. Für alle Fälle. Falls ihm noch irgendetwas einschießt.«

»Klingt nicht sehr professionell.«

»Er ist der Regisseur. Er ist ein Künstler. Was willst du.«

»Einfach essen. Sonst nichts.«

Er stellte mir zwei Teller mit Makrelen vor die Nase. Makrelen konnte ich auf den Tod nicht ausstehen. Für sich selbst nahm er drei weitere Teller mit verschiedenen Fleischgerichten. Er riss ein Paar Holzstäbchen auseinander.

Mir war der Hunger vergangen. Ich aß weiter, damit ich nicht sprechen musste. Roher Fisch und kalter Reis breiteten sich in meinem Mund zu einer körnig kalten Masse aus. Ich bestellte Bier und Bambusschnaps. Mehrmals. Paco schloss sich bei der zweiten Bestellung an. Ich bestellte in immer kürzeren Abständen. Zweimal nahm ich aus Versehen Pacos Glas und trank große Schlucke daraus. »Wenn du mich unter den Tisch trinken willst, wirst du Pech haben«, dröhnte er. Kaum hatte ich das Schnapsglas abgesetzt, winkte ich dem Kellner. Nach dem fünften Mal war die Flasche leer. Eine zweite gab es nicht. Er könne uns Reisschnaps anbieten, da gingen sich noch einige Gläser aus. Bambusschnaps werde kaum verlangt, die von uns ausgetrunkene Flasche habe seit zwei Jahren im Regal gestanden, erklärte der Kellner, zog sie unter seiner Schürze hervor und zeigte sie uns. Irgendeine Wurzel lag am Boden der unetikettierten Flasche, trübe und unappetitlich sah sie aus, übersät mit fettigen Fingerabdrücken. Vielleicht war es Ginsengschnaps gewesen. »Los, wir gehen in irgendeine Bar.« Paco wollte mit Schwung Geldscheine auf die Theke werfen, aber sein Schwung fiel zu weit aus, sie landeten auf dem Laufband. Mehrere Gäste und einer der Köche nahmen die Scheine unter Gelächter und Witzereißen an sich und steckten sie zum Spaß ein, bevor sie sie dem Kellner weitergaben, der sie umständlich mit der linken Hand entgegennahm, da er mit der anderen die leere Schnapsflasche wieder unter seiner Schürze versteckt hielt. Erst jetzt wurde mir klar, was wir für ein Schauspiel boten, Zwillingsbrüder mit verteilten Rollen, die sich rasend schnell betranken, einer mürrisch, der andere übertrieben gut gelaunt. Die Leute tuschelten und sahen ganz ungeniert immer wieder zu uns her, sie amüsierten sich prächtig. *Laurel and Hardy* auf unterstem Niveau. Mit dem Kellner als unfreiwilligem Assistenten, denn der trieb mit der Flasche unter der Schürze sein eigenes Spielchen, dessen Sinn ganz und gar im Verborgenen blieb.

»Komm, wir gehen.« Paco griff nach meinem Arm und zog mich in Richtung Ausgang. »Ich muss noch auf die Toilette«, rief ich und machte mich los.

»Ich komme mit.« Wir standen vor den beiden Türen

mit den Schuhsymbolen. Ein hellblauer Turnschuh und ein rosaroter Ballerina. Paco öffnete die Tür mit dem Ballerina, zwei junge Mädchen bemalten sich vor dem Spiegel die Lippen.

»Verzeihung«, sagte er. »Machen Sie ruhig weiter.«

Die Mädchen kicherten.

Ich war währenddessen in den anderen Raum gegangen, stellte mich ans Pissoir und öffnete meinen Reißverschluss. Ich zielte gegen die chlorblauen Kugeln. Paco stellte sich daneben, tat dasselbe. Im exakt wörtlichen Sinn, er zielte nämlich auf *meine* Kugeln und nicht auf *seine*, also die in seinem Bereich. Ich starrte gegen die Wand.

»Hm«, machte Paco. »Ich wollte schon sagen, wie früher, aber wir haben das früher ja gar nicht gemacht. Außer, als wir ganz klein waren. Du warst dann später so verschämt.«

Es war typisch für ihn, seine Aufdringlichkeit als meine Verschämtheit darzustellen. Ich hatte es nach unserer Trennung – ein Wort übrigens, das er nie aussprach, immer hieß es *früher*, *als wir klein waren*, *als wir noch Babys waren*, *als wir kleine Kinder waren* und so weiter, und ich terrorisierte ihn mit dem Wort, *Trennung*, *Trennung* warf ich ihm an den Kopf – genossen, endlich alleine pinkeln gehen zu können, während er mir ständig nachlief. Zu Hause schlug ich ihm die Badezimmertür vor der Nase zu. Wenn wir mit den Eltern in ein Restaurant gingen, flüchtete ich mich in eine Kabine, die ich versperren konnte. Dann trommelte er gegen die Tür, bis ihn die Fäuste schmerzten. Ich hörte seinem enttäuschten Pissen zu, zuerst war es ein scharfes Gezischel, das in ein immer langsamer werdendes tröpfelndes Plätschern auslief. Es klang genau so wie bei mir. »Bist du nicht bald fertig?«, rief er dann. »Geh weg«, schrie ich. Er tat, als ginge er, warf die Tür zu, in Wirklichkeit blieb er, um wenigstens meinem Pissen zu lauschen, wenn er schon nicht zusehen konnte. Ich versuchte lautlos zu pissen, was mir nicht gelang.

»Jetzt scheint es dir nichts mehr auszumachen.«

»Ich sehe keinen Sinn darin, gemeinsam aufs Klo zu gehen, aber wenn es schon sein muss, braucht man keine langen Reden zu halten.«

Ich schüttelte mich wie ein Hund und zog den Reißverschluss hinauf. Er schüttelte sich ebenfalls wie ein Hund und zog den Reißverschluss hinauf. Das sah ich, ohne hinzusehen.

Ich wollte mir die Hände waschen, aber mit Seifenspendern in öffentlichen Toiletten stehe ich auf Kriegsfuß, ich erkenne nie auf Anhieb, wo man drücken muss, damit die Seife herauskommt, und wenn ich das endlich begriffen habe, rinnt die Seife meist auf den Boden, weil ich nicht gesehen habe, wo ich meine Hand hinhalten muss. Paco half mir, er führte meine Hand zur richtigen Stelle unter den Behälter und drückte auf den Spender, eine große Lache Seife floss in meine geöffnete Handfläche, viel zu viel Seife, sie tropfte auf den Boden, wie immer. Hektisch spülte ich mir die Seife von der Hand.

Wo wir dann noch gewesen sind, weiß ich nicht mehr. Ich wachte in meinem Bett auf. Neben mir lag Paco auf dem Bauch und schnarchte. Ein Arm von ihm lag schwer wie ein heißer Wollschal auf meinem Hals, mit Mühe schob ich ihn weg. Ich war immer noch besoffen, von Aufstehen konnte keine Rede sein, also drehte ich mich auf die andere Seite und versuchte weiterzuschlafen. Ich lag starr, bewegte keinen Muskel, fasste keinen klaren Gedanken. Im Zimmer stank es wie in einer Schnapsbude. Den Geschmack in meinem Mund – wie von Nässe aufgequollene Zigarettenstummel – versuchte ich zu ignorieren. Meine Nase war verstopft, die Augenlider fühlten sich an, als ob jemand versucht hätte, sie zuzunähen. Das Wichtigste war, Paco so schnell wie möglich aus meiner Wohnung hinauszukriegen. Dazu war ich keinesfalls in der Lage. Ich musste abwarten, nüchtern werden, Kräfte sammeln.

Als ich das zweite Mal aufwachte, lag Paco halb auf mir. Er hatte ein Bein auf meine Hüfte gedrückt und einen Arm um meinen Brustkörper gezurrt. Ich wollte ihn runterschütteln, aber er klammerte sich nur fester an mich.

»Geh weg!«, schrie ich ihn an.

Er grunzte und wälzte seinen Körper ganz auf mich. Mir blieb die Luft weg, und mit einer einzigen konzentrierten Anstrengung bog ich meinen Rücken wie ein widerspenstiges Pferd und warf ihn ab, er fiel auf den Boden.

Er stöhnte und streckte sich auf dem Teppich aus.

»Oh Mann, geht's mir schlecht!« Es klang sehr zufrieden, so, wie er das sagte oder besser deklamierte. Ich bemerkte mit Entsetzen, dass sich unter seinen dunkelblauen Seidenboxershorts eine Erektion abzeichnete. Ich sah das bei Paco natürlich nicht zum ersten Mal, aber es war so lange her, dass ich trotzdem erschrak und mich gleichzeitig darüber ärgerte. Wer war ich? Ein pubertierendes Mädchen? Er hatte meinen Blick bemerkt und grinste.

»Bei dir etwa nicht?« Er zwinkerte mir zu wie ein Matrose einem Hafenmädchen.

Ich wollte mir schon zwischen die Beine greifen, hielt mich aber rechtzeitig zurück. Stattdessen zog ich eine Decke über mich.

Er drückte und bog seinen Penis unter den Shorts hin und her, wobei er Seufz- und Grummellaute ausstieß, ich fürchtete schon, er würde sich ausziehen, aber dann sprang er mit einem Satz auf und fragte: »Hast du Eier?«

»Weiß nicht.« Ich wusste es sehr wohl, hatte aber keine Lust, ihm Auskunft zu geben.

»Na, ich schau einmal im Kühlschrank nach. Bleib ruhig liegen. Ich serviere dir das Frühstück ans Bett.«

»Um Himmels willen!« Aber das hörte er schon nicht mehr.

Paco klapperte und rasselte in der Küche, er zog Schubladen auf und zu, ließ Wasser rauschen und schlug Eier auseinander, die gleich darauf in der Pfanne zischten. Der Entsafter begann zu kreischen.

»Frühstück!« Etwas klingelte. Er musste ein Christbaumglöckchen gefunden haben.

»Möchtest du im Bett frühstücken?«, rief er aus der Küche.

Ich schlüpfte in meine Jeans und ging in das Vorzimmer.

»Setz dich«, sagte Paco. »Alles fertig.«

Ich hievte mich auf einen Barhocker und ließ mir von meinem Bruder Ham and Eggs, Kaffee mit Milchschaum und Grapefruitsaft servieren. Er hatte sogar ein Fertigbaguette aufgebacken, brach es in der Mitte auseinander und reichte es mir feierlich wie geweihtes Brot.

»Viel ist es ja nicht, aber wenn du dann noch Lust auf was Süßes hast, hole ich ein paar Krapfen.« Er schaufelte

Ei und Schinken auf eine Gabel. »Na, ich hole auf jeden Fall welche. Ich brauche Kalorien.«

»Ich bin froh, wenn ich das runterkriege.«

»Ich habe Hunger wie ein Stier«, grölte er und lachte. »Das war ein Tag gestern, was? Wir haben richtig Spaß gehabt.«

Eine Antwort meinerseits erübrigte sich, da ich mich nach dem Essen und den unseligen Bambusschnäpsen im Running Sushi an nichts erinnern konnte.

»Fast hätten wir eins auf die Schnauze bekommen.«

»Wie bitte?«

»Das weißt du nicht mehr? Du hast diese blonde Mieze im Wettcafé an der Bar angesprochen, obwohl ihr Typ daneben gesessen ist. Und er hat ausgesehen, als ob er täglich zum Hanteltraining gehen würde. Und der Typ war sauer. Klingelt's?«

»Warum waren wir überhaupt in einem Wettcafé?« Ich war mein Leben lang nicht in einem Wettcafé gewesen.

»Das war gleich neben dem Sushi-Lokal. Du wolltest oder konntest nicht mehr so weit gehen.« Er kicherte.

Irgendetwas tauchte in meinem Gedächtnis auf wie ein altes Wrackteil, das sich plötzlich aus dem Meer erhebt. Eine Leerstelle. Etwas, das nicht stattgefunden hatte, etwas, das versäumt worden war. Jenny! Gestern Abend hätten wir uns sehen sollen, es war, laut unausgesprochenem Wochenplan, *unser* Abend gewesen. Ich hätte sie am Nachmittag anrufen sollen, um einen Treffpunkt auszumachen. Das hatte ich nicht getan. Ich hatte sie praktisch versetzt. Ich hatte sie noch nie versetzt. Mir lief es kalt über den Rücken.

»Als der Typ bemerkt hat, dass wir Zwillinge sind,

wollte er uns beiden eine reinhauen, aber die Mieze hat ihn davon abgehalten. Sie meinte, unser Anblick bringe doch Glück. Wie der Anblick von Rauchfangkehrern oder einem Haufen Scherben. Er hat gelacht und mit ihr Platz getauscht, so dass er zwischen dir und ihr gesessen ist.«

Ich sprang vom Barhocker.

»Wo ist mein Handy?«

Paco zuckte die Achseln. »Ich könnte dich anrufen.«

Er zog sein Telefon aus der Hosentasche und wählte. Im Schlafzimmer klingelte es dumpf.

Das Handy lag unter meinem Polster. Sieben entgangene Anrufe. Sechs von Jenny, einer von Paco. Zwei Short Messages.

Erstes SMS: »Bitte wählen Sie die Sprachbox. Drei neue Nachrichten.«

Zweites SMS: »Alina sagt auch, du bist ein Schwein.«

Erste Nachricht: »Hallo Paul, ich kann dich nicht erreichen. Bitte ruf mich an wegen heute Abend. Bis bald.«

Zweite Nachricht: »Paul, ich versuche dich zu erreichen. Ich dachte, wir gehen heute vielleicht ins Amarcord? Ruf mich an, ciao.«

Dritte Nachricht: »Ich glaube, du hebst absichtlich nicht ab. Was ist los mit dir? Na egal, ich gehe mit Alina ins Kino. Du brauchst nicht mehr anzurufen!«

Ich klappte das Handy zu und warf es auf das Bett. Zu einer angemessenen Antwort oder vielmehr einer Entschuldigung war ich noch nicht fähig. Schon gar nicht in Anwesenheit Pacos. Er musste endlich raus aus meiner

Wohnung. Dann konnte ich mit meiner Regeneration beginnen und Jenny anrufen.

»Was ist los?«, rief Paco aus der Küche.

»Nichts.« Ich setzte mich wieder an die Bar und trank meinen Kaffee aus, Paco schenkte sofort nach.

»Du musst viel trinken, das bringt dich wieder auf die Beine.«

»Soviel ich weiß, entzieht Kaffee dem Körper Wasser.«

Er schob mir ein Glas Wasser neben die Kaffeetasse.

»Trink, Hauptsache viel. Außerdem ist der Kaffee dünn und Milch ist auch drin. Eiweiß ist gut. Es gibt da so ein Sprichwort, dass man mit Kater weiß frühstücken soll. Also Milchprodukte oder auch Tofu und so Zeug, Eier natürlich. Der verstorbene Bürgermeister aus unserer geschätzten Heimatstadt soll sich nach langen Nächten mit bulgarischem Kefir aufgemöbelt haben, er hatte da seinen Speziallieferanten aus Plovdiv.«

»Noch nie gehört.«

»Vertrau mir.«

Ich aß ein paar Bissen Ham and Eggs, bis sich mein Magen hob. Ich erreichte rechtzeitig die Toilette.

»Dich hat's schlimm erwischt.« Paco stand hinter mir und legte die Hand auf meinen Rücken.

»Verschwinde! Kann ich nicht einmal in Ruhe kotzen?«

»Ich helf dir, damit alles rauskommt.«

Er umfasste mich mit seinen Armen und presste sie mir mit einem Ruck gegen den Bauch. Ich würgte und ein weiterer Schwall ergoss sich nicht nur in die Schüssel.

»So ist's gut, Paul. Einmal noch, dann bist du durch.«

Diesmal kam nur noch grünlicher Schleim.

Paco brachte mir eine Kanne Tee an das Bett. Ich zog mir die Decke über den Kopf.

»Das wird schon wieder. Es ist nur eine Frage der Zeit. Ich wasche inzwischen das Geschirr ab, räume die Wohnung auf, du brauchst dich um nichts zu kümmern. Sobald es dir besser geht, können wir uns einen Film ansehen.«

Zu nichts hatte ich weniger Lust, als gemeinsam mit Paco einen Film anzuschauen.

Wieder klapperte und rasselte es in der Küche, dann hörte ich den Staubsauger surren, schließlich noch flappende Wischgeräusche. Er kam ins Schlafzimmer und fuhr mit dem Mopp unter das Bett.

»Du scheinst ja ewig nicht geputzt zu haben. Dabei hast du so schöne Parkettböden. Und der Wäschekorb geht auch über. Das sieht dir gar nicht ähnlich. Na, ich schalte noch eine Maschine ein, dann lass ich es.«

Er hatte Recht, seit er in mein Leben geplatzt war, hatte ich alles vernachlässigt, stand hier alles still. Stand vor allem ich still. Ich wartete ab. Aber das Abwarten, sah ich nun, brachte nicht den gewünschten Erfolg, im Gegenteil.

Paco kam immer näher.

»Lass die Wäsche«, stöhnte ich unter meiner Decke. Die Vorstellung, dass Paco sich durch meine wochenalte Schmutzwäsche wühlte, war mir unerträglich.

»No problem, ich kenne mich aus, ich bin Single, schon vergessen? Einmal Buntwäsche, vierzig Grad, keine Wolle, und die Maschine nicht zu voll, damit hat sich's. Mach dir keine Sorgen!«

Diese enervierende Fröhlichkeit hatte mich schon als

Kind aufgeregt. Immer alles unter Kontrolle, alles kein Problem und nur keine schlechte Stimmung aufkeimen lassen. Immer optimistisch. Nur unmittelbar nach der Trennung war Paco missmutig gewesen, hatte diese negativen Gefühle aber bald in eine extreme Anhänglichkeit umgewandelt, die Pauli und ich abbekommen hatten.

Das Wasser rauschte in die Waschmaschine, dann wurde die Badezimmertür geschlossen und auch in die Badewanne Wasser eingelassen. Eine halbe Stunde hatte ich Ruhe, während dieser vernahm ich Prust- und Plätschergeräusche, als ob sich ein Walross in meiner Wanne vergnügte. Dann trampelte Paco wieder in mein Schlafzimmer, den Unterkörper bekleidet mit einem meiner besseren Handtücher. Seine Narbe leuchtete in einem zarten Rosa, sie war viel heller als meine und, so schien mir jedenfalls, flacher. Seine Wässerchen und Tinkturen hatten gewirkt. Es war ein Schock, seine Narbe zu sehen, obwohl ich meine ja jeden Tag sah und gerne betrachtete. Bei ihm strahlte sie etwas Obszönes aus. Sie kam mir auch ein bisschen gerader vor, regelmäßiger, ich weiß nicht, irgendwie anders. Sollte die Narbe das einzige körperliche Merkmal sein, das uns voneinander unterschied, schon auf den ersten Blick? Nein, es gab noch ein Unterscheidungsmerkmal. Pacos Körper war durchtrainierter, fester, und er hatte eine bessere Haltung als ich. Wahrscheinlich machte er Krafttraining und Kampfsport. Als Schauspieler muss man das wohl. Besonders er, sein Kapital war sein unverschämtes Grinsen, und das braucht einen Körper, der gut aussieht und nicht abgewirtschaftet ist. Denn als Charakterdarsteller war er nicht bekannt.

»Kannst du mir eine Unterhose leihen?«

Ich verzichtete auf eine Antwort, er würde sie sich ohnehin nehmen, mit oder ohne mein Einverständnis.

»Du brauchst dich nicht zu bemühen, ich sehe selber in deiner Kommode nach. Bei dir ist sicher alles so ordentlich wie früher.«

Er zog eine Schublade auf, wühlte darin herum, fand aber nichts, was ihn zufriedenstellte.

»Verdammt, ich hätte Kochwäsche waschen sollen. Du hast da überhaupt nichts mehr drinnen. Oh, halt, was ist das?«

Er zog einen Stofffetzen heraus, uralte Boxershorts.

»Na bitte, da haben wir ja eine!«, rief er triumphierend, wickelte sich aus dem Handtuch, ließ es auf den Boden fallen und zog die Shorts an. Mitten im Schritt klaffte ein Loch. Warum hatte ich das Unding nicht längst weggeworfen? Irgendwo hatte ich gelesen, dass der Absatz bei Herrenunterwäsche ein Indikator für die wirtschaftliche Lage ist. Resistent gegen Modeströmungen, ist der Verkauf normalerweise nur sehr geringfügigen Schwankungen unterworfen. Denn Männer kaufen Unterhosen, wenn sie welche brauchen, keinen Tag früher. Sobald sie aber aufhören, welche zu kaufen, und die alten auftragen, bis sie buchstäblich zerfallen, geht es der Wirtschaft schon sehr schlecht. Frauen hingegen kaufen sich in schlechten Zeiten vermehrt Lippenstifte.

Paco griff sich zwischen die Beine. »Passt und hat Luft. Für dich ist allerdings keine mehr da. Aber du siehst nicht so aus, als ob du jetzt die Unterhose wechseln wolltest.« Er kicherte und schob die Lade zu. »Aber no problem. Ich wasche einfach noch eine Partie. Bis morgen bist du wieder ausgehfein und hast jede Menge frischer Klamotten. Ich hoffe, du hast ein Bügeleisen. Höchste Zeit, dass sich jemand um dich kümmert.« Diesmal lachte er laut und dröhnend. »Zum Glück habe ich drehfrei.«

Ich kroch unter meiner Decke hervor.

»Was geht dich meine Wäsche an, lass mich endlich ausschlafen.«

»Kommt gar nicht in Frage! Du siehst immer noch aus wie gespuckt. In dem Zustand kannst du ohnehin nicht richtig schlafen, ich kenne das. Trink erst einmal ein bisschen Tee, du brauchst Flüssigkeit, Elektrolyte. Sobald du den Tee im Magen behältst, mache ich dir einen verdünnten Orangensaft. Ich gehe schnell einkaufen, du hast praktisch nichts im Haus.«

Er sammelte seine Kleidungsstücke ein, die neben dem Fenster in einem Haufen lagen, vermischt mit meinen. Er pflückte jedes Stück einzeln heraus und betrachtete es lange, roch belustigt daran, bevor er es anzog. Sie stanken vermutlich nach Wirtshaus. Ich war erleichtert, dass er wenigstens nichts von meinen Sachen mehr nahm. Er steckte meinen Schlüssel ein, der ebenfalls neben dem Kleiderhaufen lag, und verließ pfeifend mein Schlafzimmer. Die Eingangstür warf er hinter sich zu, als wollte er mir demonstrieren, dass ich nun eine Viertelstunde von ihm befreit war. Eine Viertelstunde Pause.

Ich sprang auf, lief ins Bad und sah in den Spiegel. Ein fahles, aufgequollenes und pickliges Gesicht starrte mir entgegen. Paco sah eindeutig frischer aus. Entweder vertrug er den Alkohol besser als ich oder er hatte weniger getrunken, wahrscheinlich hatte er mich mit Absicht betrunken gemacht, um sich bei mir einzuschleichen. Das

Wettcafé war mir völlig entglitten. Nicht die Spur einer Erinnerung. Dafür Jenny. Sie schwebte wie ein Racheengel über meinem Kopf. Was sollte ich ihr sagen? Da ich sie noch nie versetzt hatte, fiel mir auch keine ausreichende Entschuldigung ein. Vielleicht die Wahrheit? Einen Teil der Wahrheit. Zum Beispiel: betrunken gewesen, weil einen alten Freund getroffen. Sie wird sich sehr über mich wundern. Es ist nicht meine Art, mich mit alten Freunden zu betrinken, zumal ich keine habe. Andererseits, es kann einmal passieren. Anderen Männern passiert das doch ständig. Aber sie wird nach dem Freund fragen, Einzelheiten wissen wollen. Alles Mögliche konnte ich ihr auftischen, alles was ihr Herz begehrte. Obwohl es mir zutiefst zuwider war, Paco als *alten Freund* zu bezeichnen.

Der Schlüssel drehte sich im Schloss, Paco war zurück. So schnell!

»Du bist schon auf! Sehr gut, das bringt den Kreislauf in Schwung. Bald geht's dir besser!«

Paco trug drei Einkaufssäcke in die Küche.

»Heute gibt's ein ordentliches Abendessen. Steak mit Bratkartoffeln und Salat. Das bringt dich wieder auf die Beine. Oder hast du noch einmal gekotzt? Du musst es natürlich langsam angehen.«

Er warf eine Handvoll Röhrchen mit diversen Vitamin- und Mineraltabletten auf die Bar.

»Hier, das kann nie schaden. Nimm von jedem eine. Ich mache dir einen Cocktail.«

Er ließ vier Brausetabletten in ein Glas fallen und füllte es mit Wasser. »Hier, trink. Das ist genau das, was du jetzt brauchst.«

Ich stellte das giftbrodelnde Glas an der Bar ab und ging ins Schlafzimmer, um mich anzuziehen.

»Zeitungen habe ich auch gekauft«, rief Paco mir nach. »Wir machen es uns gemütlich.«

»Ich muss in die Arbeit«, rief ich zurück.

»Das ist doch nicht dein Ernst, es ist drei Uhr am Nachmittag. Du wirst doch jetzt nicht ins Geschäft gehen. In deinem Zustand.«

»Ich kann nicht einfach blau machen.«

»Du hast bis jetzt blau gemacht, also vergiss es.«

»Ich gehe.«

»Du bist einfach nur schlecht gelaunt. Ich mache uns ein schönes Abendessen, dann sehen wir weiter. Vielleicht tun dir ein paar Stunden alleine im Geschäft ganz gut. Ich halte hier inzwischen die Stellung.«

Ich verließ die Wohnung ohne ein weiteres Wort.

Draußen musste ich mich sofort auf die Treppe setzen. Mir war schwindlig, so würde ich es nie ins Geschäft schaffen. Ich hatte nicht vor, es aufzusperren, ich hatte vor, mich dort auf das kleine Kanapee in der Teeküche zu legen. Zudem musste ich einen Blick auf das Tier werfen und ihm etwas zu essen bringen. Aber ein Fußmarsch von zehn Minuten erschien mir so unüberwindlich wie eine Reise zum Mond. Ein Taxi. Aber die Taxifahrer fuhren so kurze Strecken meist gar nicht. Egal, mit ausreichend Trinkgeld musste es gehen. Und dann konnte ich überlegen, wie ich bei Jenny weiter vorging. Ich sollte sie ja heute nicht anrufen, aber das war sicher nur Rhetorik gewesen. Wenn ich sie heute nicht anrief, würde ich sie nur noch mehr gegen mich aufbringen, das war klar.

Als Paco das erste Mal vor der Wohnung stand, in die ich vor einem halben Jahr eingezogen war, schlug ich ihm die Tür vor der Nase zu. Es war, als ob kein einziger Tag vergangen wäre. Für einen kurzen Augenblick hatte ich in mein Spiegelbild gesehen. Ich war mir sehr fremd und sehr vertraut zugleich. Ich vermied es normalerweise, in Spiegel zu sehen. Ich sah in den Spiegel hinein und er grinste aus dem Spiegel heraus. Das war etwas, was ich nicht oft ertragen konnte. Ich konnte mich nie daran erheitern, so wie er. Für ihn war unser gesamtes Zwillingsdasein eine endlose Spielerei.

Mein Blick hatte immerhin ausgereicht, um zu erkennen, dass Paco braungebrannt war und eine andere Frisur hatte als ich. Ich trug die Haare kürzer – alle zwei Monate fuhr ich mit der Haarschneidemaschine auf mittlerer Stufe über meinen Kopf – und war vermutlich fahl wie erbrochene Milch, das war ich immer schon. Ich konnte es nicht fassen, dass er mich gefunden hatte. Zwanzig Jahre war es her, dass wir uns räumlich getrennt hatten, und ich wollte ihn auch die nächsten zwanzig Jahre nicht sehen. Und die nächsten nicht und auch nicht die übernächsten. Dann wären wir hundert und dann konnten sie uns meinetwegen in ein gemeinsames Grab werfen, sogar in einen gemeinsamen Sarg, wenn sie Lust dazu hatten. War das eigentlich erlaubt? Unsere Körper können dann zusammen verfaulen, die Knochen können sich ineinander verkeilen, die Stoffe unserer letzten Anzüge, meinetwegen vom gleichen Schneider, können ihre Fäden miteinander verweben, das würde mir nichts ausmachen. Bis dahin wollte ich nichts mit ihm zu tun haben.

Er hat unsere Trennung nie akzeptiert, er wehrte sich

dagegen. Ich habe mir die Trennung gewünscht, seit ich denken kann, ich war mit ihm kein doppelter, sondern ein halber Mensch, ein Anhängsel ohne Entscheidungsgewalt. Ich war in eine andere Stadt gezogen, damit er mich nicht ständig zu Hause belagerte. Zweimal hatte ich danach noch den Ort wechseln müssen, damit wir nicht in derselben Stadt wohnten.

Paco war Schauspieler geworden, und dieser Beruf hatte ihn ebenfalls von mir entfernt. Er war viel unterwegs und hatte gar nicht mehr die Zeit, mich permanent zu belästigen. Hin und wieder rief er mich an und versuchte ein Treffen auszumachen, was ich immer abwehren konnte. Meine neue Wohnung und Telefonnummer hatte ich vor ihm geheim halten können, bis jetzt.

Eigentlich hieß er Patrick, aber er hatte als kleines Kind Paco zu sich selbst gesagt, lange bevor er die Verwendung des *ich* durchschaut hatte, und diesen Namen später als Künstlernamen angenommen. Ich fand es schon als Kind ungerecht, dass er einen Namen bekommen hatte, der viel länger war als meiner und aus dem man verschiedene Abkürzungen machen konnte, wenn man wollte. Ich mit meinem faden Namen Paul konnte gar nichts daraus machen.

Paco gab dubiose Charaktere in zweitklassigen Fernsehserien, die mich manchmal erwischten, wenn ich das Gerät nicht schnell genug ausschaltete. Dann wurde ich mit meinem Gesicht und Körper konfrontiert. In pseudoeleganten Aufmachungen oder in peinlich bunter Sportkleidung sonderte ich schlecht geschriebene Dialoge ab, die mir Gänsehaut verursachten, und küsste mit ehrlicher Begeisterung magersüchtige und farblose Blondinen. Manchmal dachte ich, er war nur deswegen Schauspieler geworden, um diese blassen Schauspielerinnen küssen zu können, deren Qualifikation für darstellende Kunst hauptsächlich in einer mühsam forcierten Zickigkeit lagen, über die man sich in regionalen Prominentenmagazinen informieren konnte.

Auf der Straße wurde ich hin und wieder angesprochen, weil die Leute mich mit ihm verwechselten, ich tat dann so, als ob ich er wäre, gab sogar Autogramme, wenn es sein musste. Selbst vor fremden Leuten hatte ich das Bedürfnis, meine Zwillingsexistenz zu verbergen. Zum Glück kam das selten vor, so berühmt war Paco nicht, außerdem erkennt man Schauspieler auf der Straße gar nicht so leicht, wenn sie es nicht darauf anlegen. Ich weiß nicht, ob Paco es darauf anlegte, von seinem Charakter her sicherlich, aber es war nicht cool, deswegen tat er es vermutlich nicht. Eine Zeitlang hatte ich Angst, dass Jenny ihn einmal in irgendeiner grässlichen Serie sehen und mich darauf ansprechen würde. Bis ich bemerkte, dass sie sich nur amerikanisches Zeug à la *Sex and the City* ansah. Und falls es einmal doch geschehen sollte, konnte ich so tun, als ob ich nichts davon wusste, es heißt ja, jeder Mensch hat irgendwo einen Doppelgänger.

Nun hämmerte er jedenfalls gegen meine Tür, nach zwanzig Jahren, und ich stand auf der anderen Seite, legte sachte mein Ohr an das weiß lackierte Holz und leitete die Erschütterungen direkt in meinen Kopf. Da war er also wieder, getrennt von mir durch eine einfache Tür, die man ohne weiteres mit einer Axt aufhacken konnte, wenn man wollte. Ein Wunder eigentlich, dass er nicht schon früher gekommen war.

»Sei nicht kindisch, mach auf, Paul!«

Ich rührte mich nicht.

»Mach auf oder soll ich hier auf dem Gang kampieren?«

Ich rutschte mit dem Ohr an der Tür entlang, bis ich auf dem Boden saß.

»Wir haben drei Stunden Verspätung gehabt und durften nicht aus dem Flieger raus. Ich bin todmüde.«

Ich zählte die offenen Fugen des Parkettbodens.

»Pauuuul! Ein Besuch von deinem Bruder, deinem älteren Bruder.«

Älterer Bruder! Nur weil sie ihn zuerst rausgezogen haben. Bei einem Kaiserschnitt gibt es keinen älteren Bruder, sie machen das pro forma, damit sich die Daten unterscheiden. Eine Minute haben sie zwischen uns gelegt, und das soll ihn berechtigen, sich als älterer Bruder zu bezeichnen? Das ist lächerlich! Das Leben beginnt nicht erst bei der Geburt.

»Komm schon, Paul. Was sollen denn die Nachbarn denken, wenn sie dich gegen deine eigene Tür hämmern sehen?«

Er umarmte mich und klopfte mir auf die Schulter, kaum hatte ich geöffnet. Er drückte mich so fest an sich, dass mir schier die Luft wegblieb und ich in Gedanken meine Rippen krachen hörte. Meine Arme lagen gestreckt am Körper an, sodass ich wie in einem Schraubstock steckte und ihn weder von mir schieben noch ihn zurückumarmen konnte, nicht aus Zuneigung, sondern um wenigstens ein bisschen Druck von mir ableiten zu können. Er ließ mich los, ich atmete erst einmal durch. Mit dem Fuß trat er eine schwarze Reisetasche aus Kunststoff über die Schwelle.

Es hat mich immer krank gemacht, wie er seine Sachen behandelte. Während ich als kleiner Junge meine Unterhosen und Socken sorgfältig zusammenlegte und in der Kommode verstaute, zerknüllte er seine, die sogar in frisch gewaschenem Zustand schmutziger waren als meine in gebrauchtem, und stopfte sie hinter Schrankwände oder warf sie unters Bett, wo sie vor sich hin moderten. Wenn er in seinem Kasten keine frische Unterwäsche mehr fand, holte er sich einfach welche aus meiner Kommode, wobei er natürlich nicht die zuoberst liegenden Stücke herausnahm, sondern so lange in meiner penibelst zusammengelegten Wäsche wühlte, bis er das Richtige gefunden hatte. Mir blieb es überlassen, das Chaos wieder zu beseitigen. Ein englisches Internat hätte seine Freude an mir gehabt. Ich habe mir immer gewünscht, in ein englisches oder zumindest Schweizer Internat gehen zu dürfen – ohne Paco natürlich –, aber es wurde mir verweigert oder man nahm meinen Wunsch nicht ernst. Wahrscheinlich fehlte es den Eltern am Geld. Ich verschlang alle Bücher, in denen Kinder ins Internat mussten, und gab mich mit wohligem Schauer den Ungerechtigkeiten und Ungeheuerlichkeiten hin, die die Unglücklichen sowohl von Erziehern als auch Mitschülern erdulden mussten. Ich las auch das Buch über die Schule in Summerhill von A. S. Neill und konnte gar nicht glauben, dass es diese Schule tatsächlich geben sollte, lange Zeit dachte ich, es sei eine reine Utopie, die mir gar nicht erstrebenswert vorkam. Die Zöglinge konnten selbst entscheiden, ob sie die Unterrichtsstunden besuchten oder nicht, sie bestimmten selbst alle Hausregeln, die sie die Woche darauf schon wieder außer Kraft setzen konnten, wenn sie keine Lust mehr darauf hatten. Mich hingegen zogen die uniformierte Kleidung an, die komplizierten (oft undurchschaubaren) und rigiden Regeln des Gemeinschaftslebens, die ungeschriebenen Gesetze, die Schlafsaalheimlichkeiten, die ungerechten und bösen Erzieher, unter denen man litt und gegen die man sich mit den Mitschülern verbünden konnte. Paco lachte mich aus wegen meines Ordnungswahnsinns, wie er sich ausdrückte, und versuchte immer, mich zu mehr Nachlässigkeit zu verleiten.

Ich war versucht, seine zerknautschte Tasche zurechtzurücken, hielt mich aber zurück, ich wollte dieses – sicher ständig durch den Schmutz gezerrte Ding – nicht einmal berühren. Außerdem wäre es eine einladende Geste gewesen.

»Hast du kein Hotel?«, fragte ich misstrauisch.

»Das Zimmer war noch nicht frei.«

Die Frage, wie er mich gefunden hatte, ersparte ich mir. Im Telefonbuch stand ich nicht. Es war ihm gelungen, das war genug.

»Am liebsten würde ich mich ein bisschen hinlegen. Die Sitze im Flugzeug werden immer enger, ich bin ganz verbogen. Ich frage mich, wie das die dicken Leute machen.«

Ich ging in die Küche, um die Kaffeemaschine einzuschalten. Er sollte seinen Kaffee haben, dann konnte er ja wieder gehen. Er hatte immer Unmengen Kaffee getrunken. Daran hatte sich vermutlich nichts geändert. Ich bekam schon Sodbrennen, wenn ich ihn nur mit einer Tasse in der Hand sah. Und dann der abgestandene Kaffeeatem, den er mir mit Vorliebe in den Nacken blies. Ständig hatte ich seinen schalen Kaffeemundgeruch in der Nase gehabt.

Ich hörte, wie er den Reißverschluss seiner Tasche öffnete und darin herumkramte. Ich wusste genau, wie er seine Koffer und Taschen packte. Er warf irgendwelche nutzlosen Dinge hinein, dann drückte er eine alte, kaffeefleckige Zeitung auf den ganzen Plunder und hoffte, dass sich das Behältnis schließen ließ. Auf Reisen musste er alles kaufen, weil er nie das Richtige dabei hatte, oft auch eine neue Reisetasche, wenn die alte wegen Überfüllung geplatzt oder der Reißverschluss gerissen war. Er drückte mir eine Packung Kaffee in die Hand.

»Koffeinfreier, ich muss auf mein Herz aufpassen.«

»Du hast doch wohl nicht vor, bei mir einzuziehen!«

»Ich hab meinen Kaffee immer mit, das ist bequemer, die meisten Leute haben ja keinen koffeinfreien im Haus.«

»Man kann auch Tee trinken oder Wasser.«

»Mein Gott Paul, was ist denn so schlimm daran, seinen eigenen Kaffee mitzubringen.«

Ich verzichtete auf eine Antwort, nahm eine Schere aus der Schublade und schnitt sorgfältig eine Ecke ab, anstatt einfach mehrmals mit der Spitze in die Vakuumverpackung zu stechen, wie ich es eigentlich lieber getan hätte.

Er setzte sich auf meinen Barhocker und beobachtete mich durch die Durchreiche bei meinen Vorbereitungen für seinen Kaffee.

»Geile Bar hast du da. Super kommunikativ.«

Ich antwortete nicht.

Er sah sich interessiert um. Von der Bar auf seiner Seite aus konnte man links ins Wohnzimmer mit dem überdimensionalen Sofa blicken, rechts in mein winziges Arbeitszimmer, durch das man gehen musste, wenn man auf die Toilette wollte. Beide Türen standen offen; da ich allein lebte, machte ich nie eine Tür hinter mir zu. Selbst die Badezimmertür war sperrangelweit offen und gewährte einen Blick auf den überladenen Schmutzwäschekorb. Er war überladen, weil er zu klein war und ich immer nur am Wochenende Wäsche wusch, heute war Freitag. Jetzt wünschte ich mir, alle Türen wären geschlossen und verriegelt und meine Wohnung wäre seinen Blicken nicht so ausgeliefert. Ich fühlte mich nackt.

»Tolles Sofa!« Er grinste und nickte anerkennend. »Da hat man ordentlich Platz. Es sieht ziemlich neu aus. Ist es schon *eingeweiht*? Wenn nicht, kann ich das gerne für dich erledigen.«

Ich sagte nichts.

»Hast du noch mehr Zimmer?«, erkundigte er sich.

Ich schwieg. Wenigstens mein Schlafzimmer wollte ich vor ihm retten.

»Und, wie steht's mit Frauen?«

Ich stellte ihm eine Tasse Kaffee hin, ohne Untertasse, ohne Löffel, ohne Zucker und ohne Milch. Er hatte seinen Kaffee immer schwarz getrunken.

»Ja, so mag ich das, ganz familiär. Nur keine Umstände.«

Er trank die Tasse mit einem Zug halb leer, rülpste und wischte sich mit dem Handrücken über den Mund, als ob er einen Krug Bier hinuntergestürzt hätte.

»Kannst du mir noch einen machen?«

»Ich mach dir eine ganze Kanne, wenn du willst. Und wenn du dann gehst.«

»Ja, das wäre nett. Du musst ihn auch nicht so stark machen. Weißt du, ich bin abgekommen von dem sirupartigen Zeug der Südeuropäer, das sie einem in diesen lächerlichen Puppentassen servieren, die ein ausgewachsener Mensch nicht einmal richtig angreifen kann, und das einem die Blutgefäße verklebt. Ich mag's inzwischen lieber etwas leichter und frischer und größer. Mehr amerikanisch.«

Ich holte die große Espressokanne aus dem Schrank, spülte sie ab, weil ich sie nie benutzte, und kochte ihm einen dreiviertel Liter dünnen Kaffee.

»Und ein Schuss Milch wäre auch nicht schlecht.«

Ich öffnete den Kühlschrank, und ein Dunst schlug mir entgegen wie die Fahne eines Biertrinkers, der sich in der Früh nicht ausschlafen konnte. Mit dem Unterschied, dass der Dunst aus dem Kühlschrank kalt war, während die Fahne des Trinkers warm ist. Eine Bierdose war ausgeronnen und stand in einer zitternden Lache. Ich nahm eine angebrochene und biertropfende Milchpackung aus dem Kühlschrank, wischte sie mit einem Geschirrtuch ab und gab sie ihm in die Hand. Das Geschirrtuch schlang ich wie einen Schal um die schadhafte Dose und tunkte mit den Enden die ausgeronnene Flüssigkeit auf.

»Hast du jetzt alles, was du brauchst?«

»Oh Paul, ich wünschte, du wärst weniger gereizt. Ich freue mich so, dich zu sehen. Nach zwanzig Jahren war es doch wieder einmal Zeit!«

Ich freute mich nicht. Ich hatte nicht vergessen, was Paco für ein Mensch war, ich wusste, dass man mit ihm keine normale Bruder-Beziehung haben konnte. Man konnte sich nicht hin und wieder treffen, um Familienneuigkeiten auszutauschen oder andere Dinge zu besprechen. Er mischte sich in alles ein, wusste alles besser, und mich, seinen Zwillingsbruder, betrachtete er als einen Teil von sich selbst, über den er kraft Geburt eine natürliche Verfügungsgewalt besaß, und der sich ihm aus unerklärlichen Gründen entzog.

Unser Zwillingsstatus war für ihn ein Freibrief für alles. Manchmal glaubte ich, es wäre ihm sogar lieber gewesen, sie hätten uns niemals getrennt. Wir waren seitlich an Bauch und Brust zusammengewachsen, hatten aber keine gemeinsamen Organe oder Knochen und keinen gemeinsamen Blutkreislauf, wie Chang und Eng Bunker, die Urväter aller siamesischen Zwillinge (obwohl es natürlich auch vorher welche gab und sie eigentlich Chinesen waren), nur eine Art dickere Haut. Eine Hautbrücke nannten es die Ärzte. Man hätte sie demzufolge leicht trennen können (sogar damals, sie lebten von 1811–1874), wie man nach ihrem Tod herausfand. Anderen Berichten nach teilten sie sich die Leber oder auch den Magen und hätten natürlich niemals getrennt werden können. Angeblich versuchten sie selbst einmal, sich zu trennen, und schnitten mit einem Messer in ihren Verbindungsstrang, worauf beide krank wurden. Chang und Eng waren mit zwei Schwestern verheiratet, sie hatten eine Unmenge Kinder und wohnten abwechselnd in zwei Häusern, der eine trank, der andere wurde Mitglied bei den Temperenzlern.

Wir wurden erst mit fünf Jahren getrennt, da wir kränkelten, wurde der Operationstermin immer wieder hinausgeschoben. Außerdem waren sich unsere Eltern nicht einig. Meine Mutter hatte Zweifel an der Trennung, sie meinte, dass wir es selbst entscheiden sollten, wenn wir älter wären. Vater war der Ansicht, die Operation sollte so schnell wie möglich über die Bühne gebracht werden, weil es immer schwieriger für uns würde. Paco hatte sich sehr bald zu unserem Außenminister herauskristallisiert, so nennt man denjenigen Zwilling, der das Zwillingspaar nach außen vertritt, die Kommunikation führt und an den sich die Außenwelt auch eher richtet, weil er schneller Kontakt aufnimmt, weil er alles an sich reißt. Während der andere – der so genannte Innenminister – für den inneren Bereich, für die Beziehung untereinander, zuständig ist. Inwieweit das auf mich zutraf, kann ich nicht sagen. Ich pflegte unsere Beziehung nie besonders, im Gegenteil, ich versuchte immer schon Distanz herzustellen. Durch Ignorieren oder, wenn das nichts fruchtete, durch Schlagen. Ich verbrauchte so viel innere und äußere Energie für meine Distanzierungsmanöver, dass mir für die Außenwelt nicht mehr viel Kraft blieb.

Vater wusste, dass die Trennung für meinen Bruder leichter verkraftbar wäre, je früher sie stattfand.

Ich glaube, Paco stellte sich immer ein Leben vor, wie es von den philippinischen siamesischen Zwillingen Simplicio und Lucio Godino kolportiert wurde, die Zwillingsschwestern (nicht zusammengewachsene) heirateten. Es gibt Fotos von den vieren, auf denen sie glücklich und heiter aussehen, zu viert tanzen oder sich in komische und theatralische Posen werfen. Sie sehen so aus, als ob ihnen nichts Besseres passieren hätte können, als zusammengewachsen zu sein. Sie traten in den Vaudeville-Theatern in Amerika auf, wie die meisten siamesischen Zwillinge damals, das war ihre einzige Verdienstmöglichkeit. Die Bilder strahlen eine Leichtigkeit und Romantik aus, die einen dazu verführt, sie sich auch außerhalb der Bilder so glücklich vorzustellen. Die Bilder von Chang und Eng hingegen sind von einer bedrückenden Starrheit und Düsterkeit umweht. Den beiden sieht man an, dass sie besser getrennt worden wären.

Die meisten erwachsenen siamesischen Zwillinge, die nicht als Kinder getrennt wurden, wollen sich später nicht trennen, so sehr sind sie aneinander gewöhnt, bei aller charakterlichen Verschiedenheit. Das wird jedenfalls immer behauptet, ich habe da meine Zweifel. Was sollen sie anderes sagen. Wenn sie nicht ohnehin in einem Alter, in dem man sie nicht fragen konnte, getrennt wurden, dann ist es lebensgefährlich, sie zu trennen, und da ist es für die Psyche wohl gesünder zu behaupten, dass sie das gar nicht möchten. Ich glaube, sie machen sich etwas vor. Zumindest einer von ihnen, meist unterdrückt ja einer den anderen auf irgendeine Weise, und der Unterdrücker will sich weniger gern trennen als der Unterdrückte. Vielleicht ist Unterdrückung das falsche Wort, aber sie müssen sich die Rollen aufteilen, und es ist dem Menschen offenbar ein Bedürfnis zu dominieren oder, wenn er das nicht kann, sich der Dominanz unterzuordnen, so wie man sich unter ein schützendes Dach stellt. Bei Zwillingen ergibt es sich automatisch, dass einer dominant ist und der andere die Dominanz mehr oder weniger akzeptiert, sonst könnten sie gar nicht gemeinsam existieren. Sie würden sich zerfleischen. Mir ist jedoch kein Fall bekannt, bei dem sich siamesische Zwillinge tatsächlich gegenseitig getötet hätten. Oft beginnt einer zu trinken. Bei Mascha und Dascha, den russischen Unglücksschwestern, war es so, die sanftere, nachgiebigere Dascha wurde Alkoholikerin. Da sie es nicht schaffte, sich und damit auch ihre Schwester zu töten – sie wollte sich mehrmals aus dem Fenster stürzen, was Mascha verhindern konnte –, wählte sie den langsameren Weg. Auch Chang wird als *heavy drinker* beschrieben.

Paco trank in aller Ruhe seinen Kaffee, das Rauchen hatte er anscheinend aufgegeben, Kaffee ohne Zigaretten wäre früher unmöglich gewesen.

Nach unserer Trennung verspürte ich eine ungeheure Erleichterung, unsere Muskeln waren so aufeinander abgestimmt gewesen, dass wir jede Bewegung des anderen erahnten, bevor sie überhaupt ausgeführt wurde, und plötzlich war ich Alleinherrscher über meinen Körper. Nichts zog mich mehr in eine andere Richtung, ich wurde nicht mehr herumgerissen, wenn Paco eine zu abrupte Bewegung machte, die meinen Körper nicht im voraus erreichte. Nichts zwang mich mehr in die eine oder andere Richtung. Ich musste nicht mehr mit ihm auf die Toilette, musste nicht mehr so lange beim Essen sitzen, weil er mehr aß als ich. Die ungeheure Leere, die sich an der Seite auftat, an der Paco gewesen war, verschaffte mir einen unendlichen Freiraum, der mir alle Möglichkeiten bot. Es war, als ob sich mir der Weltraum geöffnet hätte. Viele Leute mag diese Vorstellung erschrecken, für mich tat sich das Paradies auf. Ich habe ihn nie vermisst. Ich spürte nie an jener Seite die Kälte, über die Paco klagte. Er weinte wochenlang und klammerte sich im Schlaf an mich. Tagsüber drängte er sich oft gegen meine Brust oder überfiel mich von hinten und hing sich an meinen Hals. Er wich mir nicht von der Seite. Eine Zeitlang stopfte er sich ein Kissen seitlich unter seinen Pullover. Später verwendete er eine ein Meter große Puppe dazu, die er Pauli nannte. Es war eine Klappmaulpuppe, die man mit beiden Händen bewegte, eine Hand war im Kopf, diese öffnete und schloss den Mund, die andere steckte in einem Arm der Puppe, damit erzielte man weitere Mobilität. Paco konnte die Puppe erstaunlich gut bewegen und hauchte ihr eine richtige Puppenidentität ein. Ich hasste sie, denn sie sprach mit meiner Stimme. Paco musste seine Puppenstimme nicht verstellen, damit sie nach mir klang. Er konnte bauchreden, besser gesagt, er konnte sprechen, beinahe ohne seine Lippen zu bewegen. Ganz gelang es ihm nicht, aber er lenkte durch die Bewegungen der Puppe so sehr von seinem Gesicht ab, dass es nicht mehr auffiel. Mutter hatte die Puppe für ihn gekauft. Das erste Spielzeug ausschließlich für ihn. Bis dahin hatten wir alles in doppelter Ausführung bekommen. Wir besaßen sogar eine Kasperlbühne mit doppelter Figurenausführung: zwei Kasperl, zwei Strolchis, zwei Großmütter usw. Allerdings spielte nur Paco mit den Figuren, mich ekelte vor dem schweißigen, nasskalten Inneren der Handpuppenköpfe und dem kratzigen Stoff, aus dem die Kleider genäht waren. Unheimlich waren sie mir auch. Die Gesichter waren fratzenhaft, der Strolchi eine Fetzenpuppe und das Krokodil zu furchterregend. Ich beschränkte mich darauf, die Kulissen herzustellen. Ich zeichnete Zauber- und Märchenwälder, felsige Schluchtenlandschaften in verschiedenen Grauschattierungen, Wüsten mit bunten Zelten und Innenräume von Bauernhäusern und Schlössern auf Karton. Ich schnitt Kartonfiguren aus und bemalte sie: Tiere, Monster, aber auch Möbel oder überdimensionale Tassen und Kannen. Alle Handpuppen, die wir besaßen, baute ich in Karton nach. Paco führte immer

Zwillingsstücke auf, mit zusammengebundenen Kasperln, die ich dann, sobald sie von Paco nach der Vorstellung achtlos in eine Ecke geworfen worden waren, wieder auseinanderschnitt. Für jede Aufführung musste er sie von neuem zusammenbinden.

Anfangs schliefen wir noch im selben Bett, auf Anraten der Psychologen, da sie meinten, wir müssten uns langsam an die Trennung gewöhnen. Für mich traf das nicht zu. Als es mir endlich gelungen war, ein eigenes Bett zu bekommen, schlich sich Paco in der Nacht zu mir, wie ein heimlicher Liebhaber. Pauli nahm er mit. Das tat er auch dann noch, als wir beide bereits über ein eigenes Zimmer verfügten. Ich wechselte dann meist in sein Zimmer hinüber, da ich ihn aus meinem Bett nicht wieder hinausbrachte. Manchmal kam er zurück, und ich ging wieder in mein Zimmer, bis einer von uns so tief eingeschlafen war, dass er nicht mehr bemerkte, ob der andere nun neben ihm lag oder nicht. Manchmal wachte ich in der Früh mit Pauli auf, den ich dann sofort aus dem Bett warf. Diese nächtlichen Wanderungen gingen im Dämmerschlaf vor sich, sie waren für mich der Preis, den ich für die Trennung bezahlte, und ich bezahlte ihn gerne. Ich hatte kein Mitleid mit Paco, er benahm sich kindisch und tyrannisch wie eh und je. Er blieb mir gegenüber besserwisserisch und aufdringlich, und Pauli begleitete ihn bis in die Pubertät hinein.

»Hast du nicht irgendetwas zu essen, Paul? Ich komme um vor Hunger! Du hast doch immer so gute Sandwiches gemacht.«

Ich öffnete wieder den Kühlschrank. Käse- und Schinkenpackungen klebten im getrockneten Bier.

»Ich kann eine Pizza bestellen.«

»Gute Idee! Ich will Salami. Und Pfefferoni. Und noch extra Mozzarella.«

Ich gab dem Pizzaservice seine Wünsche durch und wählte für mich eine Artischockenpizza mit Knoblauch.

»Mann, bist du immer noch Vegetarier?«

»Nein.« Eine Zeitlang war ich Vegetarier gewesen, um mich von Paco abzugrenzen, der immer massenhaft Fleisch vertilgt hatte. Für ihn waren Schinkenfleckerl ein fleischloses Essen gewesen. Irgendwann wurde es mir zu langweilig und zu mühsam, ich fühlte mich kraftlos und kränklich, weil ich mich um eine ausgewogene Ernährung nicht kümmerte, was für einen Vegetarier aber besonders wichtig ist, ich war eher der Typ *Puddingvegetarier*. Da ich Paco ohnehin nicht mehr sah, konnte ich genau so gut wieder Fleisch essen.

»Also Pizza ohne Salami oder wenigstens Schinken, das ist ja fast pizarr.« Er kicherte über seinen schlechten Witz.

»Wie wär's, wenn du dann deine Pizza nimmst und sie im Hotel isst.«

»Du bist wirklich mit dem falschen Fuß aufgestanden, Paul. Die beste Pizza wird ungenießbar, sobald sie eiskalt ist, und das wird sie, bis ich im Hotel bin.«

Er schenkte sich in aller Ruhe eine weitere Tasse Kaffee ein.

Ich räumte Geschirr von einem Ort zum anderen, wischte an Salz- und Pfefferstreuern herum, dann klebte ich Pacos Kaffeepackung mit rotem Isolierband zu und stellte sie ihm vor seine Kaffeetasse.

Bis es klingelte, fiel kein einziges Wort mehr. Ich bezahlte den Boten, nahm die Kartons entgegen und legte sie auf die Bar. Ich schob Paco Messer und Gabel hin und setzte mich auf den zweiten Barhocker.

»Hast du keine Teller?«

»Bin ich dein Kellner?«

Paco zuckte mit den Achseln und schnitt seine Pizza in zwei Teile. Eine Hälfte klappte er zu einem gleichschenkeligen Dreieck zusammen und biss davon ab.

Ich tat dasselbe. Die Gabeln lagen unberührt auf der Theke.

Während er aß, sah er sich im Raum um. Er teilte mir mit, dass er keinerlei Anzeichen, ob hier eine Frau wohne, entdecken könne. Ich teilte ihm mit, dass ihn das nichts anginge.

Er zog einen kleinen Notizblock und einen Bleistift aus seiner Hosentasche und kritzelte etwas darauf.

»Meine Telefonnummer und die Hoteladresse.« Er hielt mir den Zettel hin, ich nahm ihn nicht. Er legte ihn neben meinen Pizzakarton.

»Na dann, ich melde mich! Danke für die Pizza. Das nächste Mal bin ich dran.« Er rutschte vom Barhocker, winkte mir fröhlich zu, nahm seine Tasche und ging tatsächlich aus meiner Wohnung hinaus, die Tür knallte er hinter sich zu.

Ich nahm den Zettel und sah, dass das Hotel nur ein paar Gehminuten von meiner Wohnung entfernt lag. Trotzdem hatte ich noch nie davon gehört, konnte mich auch an keine Hotelfassade erinnern, obwohl ich mich in meiner Umgebung immer sehr gut auskenne. Wahrscheinlich war es eher eine Pension als ein Hotel. Ich sah auch, dass die Kaffeepackung immer noch auf der Theke stand.

Ich faltete die Pizzaschachteln zusammen und wollte sie auf der Stelle wegbringen, obwohl der Altpapiercontainer einen ganzen Häuserblock weit entfernt war. Ich hoffte zu sehen, in welche Richtung Paco gegangen war, aber er war bereits außer Sichtweite. Ich hastete zum Container, immer noch hoffend, zumindest seinen Rücken irgendwo zu erblicken, dann eilte ich genau so schnell zurück in die Wohnung, hoffend, dass *er* mich nicht gesehen hatte. Die Kaffeepackung hätte ich am liebsten weggeworfen, dann tat ich es doch nicht. Ich verräumte sie im Küchenschrank, hinter den Konservendosen und Einkochgläsern. Die Kaffeetasse und die Kanne, die er benutzt hatte, reinigte ich gründlich. Nicht einmal im Geschirrspüler sollten Spuren von ihm sein. Dann rief ich Jenny an, ich wollte ihr nicht vom Besuch meines Bruders erzählen, sondern mich nur ihrer Stimme vergewissern. Mich vergewissern, dass noch jemand anderer existierte außer mir und ihm. Von meinem Bruder wusste sie nichts. Ich hatte niemandem davon erzählt, ich dachte, damit könne ich ihn aus meiner Erinnerung fernhalten. Die lange Narbe an meinem Körper, die fast so breit ist wie ein Schneidermaßband, aber nicht so regelmäßig und etwas erhaben, hatte ich mit einem Fahrradunfall erklärt, aber Jenny hatte es nicht besonders interessiert. Manchmal fuhr sie mit ihren Fingernägeln daran entlang, selbstvergessen, als wäre es nichts, worüber es sich zu sprechen lohnte. Ich spürte ihre Berührungen nicht, das Narbengewebe ist unempfindlich, aber mich durchströmte ein Glücksgefühl, wann immer ich die Narbe sah oder sich jemand damit beschäftigte, so stark, dass ich weinen hätte können. Sie ist meine Freiheitsschärpe, die mir keiner nehmen kann.

Die Brutalität, mit der Paco in mein Leben eingebrochen war, zeigte, dass die Kränkung, die ihm unsere Trennung damals, im Alter von fünf Jahren, zugefügt hatte, so frisch war wie am ersten Tag. Für ihn war die Narbe das Abzeichen seiner Niederlage, er hatte immer davon gesprochen, sie behandeln zu lassen, zu glätten, zu lasern, aufzuhellen, abzufeilen, was immer. Am liebsten hätte er sie herausschneiden lassen, aber dafür war sie zu lang und zu breit. Er hatte sich alle Salben und Wässerchen appliziert, schulmedizinische und esoterische, derer er habhaft werden konnte, und ließ sie eine Zeitlang von einem staatlich geprüften Narbenheiler massieren. Ich hatte mir überlegt, die Narbe tätowieren zu lassen, sie sozusagen festlich zu schmücken, aber damit hätte ich ihren wahren Charakter verfälscht, ich wollte sie nicht maskieren.

Jenny war ungehalten über meinen Anruf. Meine Anrufe störten sie immer irgendwie, der richtige Zeitpunkt war mir noch nie geglückt, deswegen rief ich sie nicht oft an, und wenn doch, bekamen meine Anrufe wegen ihrer Seltenheit ein ungebührliches Gewicht, das zwischen uns in der Leitung lastete und ein unbeschwertes Gespräch von vornherein unmöglich machte. Normalerweise beschränkten wir uns auf SMS und E-Mails. Das befreite uns von den Fallstricken der Unmittelbarkeit. Sie warf mir zudem vor, die Telefonate hinauszuzögern. Wenn schon alles gesagt war und das Gespräch im Grunde beendet, kam ich noch hastig mit irgendeiner Nebensächlichkeit und verlängerte das Ganze, als wollte ich nur telefonieren um des Telefonierens willen. Ja, ich sei ein notorischer Telefonierer, warf sie mir einmal an den Kopf, aber nicht mit ihr, denn sie habe ihre Zeit nicht gestohlen. Dass sie stundenlang mit ihren Freundinnen an der Strippe hängen konnte – nicht selten in Konferenzschaltung –, war offenbar etwas anderes.

Immerhin ließ sie sich dazu herab, am Abend in unsere Bar zu kommen, *auf einen Sprung*, obwohl wir uns laut unausgesprochenem Wochenplan erst am nächsten Tag hätten sehen sollen. Ich hätte sie jeden Abend sehen können, aber sie brauchte ihren Freiraum, ihre Freundinnen und ihre Abwesenheit von mir. Sie ist freiberufliche Grafikerin und arbeitet oft noch bis in die Nacht. Hat sie einen Auftrag abgeschlossen, muss sie sich erst einmal zwei, drei Tage davon erholen, ohne mich, versteht sich. Meine geregelten Arbeitszeiten riefen bei ihr nur ein müdes Lächeln hervor. Sie betrachtete meine Arbeit gar nicht als Arbeit. Ich stand schließlich nur in einem Geschäft und verkaufte Farben und Papier, so sah sie es. Um neunzehn Uhr sperrte ich den Laden zu und dachte nicht mehr daran, während sie selbst im Schlaf noch an ihren Projekten feilte. Dass ich das Malen aufgegeben habe, hat mich in ihren Augen deklassiert. Eine Zeitlang arbeitete ich als Illustrator für Kinderbücher und Lexika. Ich zeichnete alles: Pflanzen und Tiere, Maschinen und Menschen. Es hat mir Freude gemacht, es war eine kontemplative und befriedigende Tätigkeit, aber leben konnte ich davon nicht, ich hätte es anders angehen müssen, ich hatte zu wenig lukrative Aufträge, ich kümmerte mich auch nicht genug darum. Ich wartete immer nur darauf, dass etwas hereinkam, und das war zu wenig. Für Jenny zählte allein das Kreative, ich war somit ein Handlanger meiner Kunden und natürlich ein Handlanger von ihr, obwohl sie gar nicht zu meinen Kunden zählte. Sie besorgte sich ihr

Arbeitsmaterial in Softwarestores, virtuellen meist. Die Skizzenbücher und die diversen Schreibgeräte, die ich ihr hin und wieder mitbrachte, ließ sie wortlos in die Tiefe ihrer großen Handtasche fallen. Ich habe noch nie gesehen, dass sie eines davon benutzt hätte. Selbst um eine Einkaufsliste zu verfassen verwendet sie lieber ihr Smartphone, ihr neuestes Spielzeug, das sie endlich in die Lage versetzt, mit geringem Gewichtsaufwand ständig ihre Facebook-Freunde, deren Anzahl bereits in die Hunderte geht, mit sich herumzutragen.

Den ganzen Nachmittag stand ich im Verkaufsraum meines Zeichenbedarfsgeschäftes *Colours of the World* und räumte Farbtuben und Pinsel hin und her wie zuvor das Geschirr in meiner Küche.

Zweimal ging ich in den Keller, um nach dem Tier zu sehen. Ich fieberte dem Abend mit Jenny entgegen, obwohl ich nicht vorhatte, über meinen Bruder zu sprechen. Ich dachte über mögliche Gesprächsthemen nach, denn sie erwartete natürlich eine aufregende Neuigkeit, wenn wir uns schon außer der Reihe trafen. Der Terpentingeruch stieg mir stärker als sonst in die Nase, ich schnüffelte immer wieder an einer angebrochenen Dose und atmete gierig das scharfe Aroma ein.

»Also, was ist denn nun?« Jenny stellte ihr Rotweinglas auf die Theke. Sie hatte höflicherweise ihre Ungeduld gezügelt, bis ich mit meiner doppelten Portion Bruschetta fertig war. Sie selbst aß am Abend nie etwas, sie praktizierte Dinner Cancelling, was sich negativ auf ihr Gemüt auswirkte. Zudem vermittelte sie mir damit das Gefühl, ein unverbesserlicher Vielfraß zu sein. Die zwei Kilogramm, die sie vielleicht dadurch einsparte, die aber außer ihr niemand bemerkte, hätte ich gerne gegen eine bessere Laune ihrerseits eingetauscht. Kunststoffverlängerte Fingernägel, ihr neuester Gimmick, klopften gegen den Glassockel. »Warum hast du mich herzitiert?«

»Ich habe dich nicht herzitiert, ich wollte dich einfach sehen.«

»Und ob ich dich sehen will, ist dir egal. Hauptsache, du bestimmst.«

Hätte sie etwas anderes (Besseres) vorgehabt, wäre sie ohnehin nicht gekommen. Sie war es, die bestimmte. Noch nie hatte sie etwas mir zuliebe getan. Aber das behielt ich für mich.

»Ich hatte eben Sehnsucht nach dir. Wir hatten so wenig Zeit füreinander, in den letzten Wochen.«

Sie knurrte.

In Wirklichkeit hatte sie wenig Zeit gehabt, und das wusste sie.

Früher habe ich jeden Artikel über spektakuläre Zwillingstrennungen aufgehoben, hunderte Seiten habe ich ausgedruckt, dicke Ordner habe ich angelegt und mich stundenlang in die Fälle vertieft. Ich war auf der Suche nach etwas, das mir meine Situation begreiflich machte. Vielleicht einfach nach einem Menschen, der mich und meine Gefühle für Paco verstand. Bis ich bemerkte, dass ich nichts herausfinden konnte, was mir weitergeholfen hätte. Im Gegenteil. Es bedrückte mich. Allein die Statistik. Unter 200 000 Lebendgeburten gibt es ein siamesisches Pärchen, und von diesen sterben zwei Drittel spätestens nach wenigen Tagen. Allerdings: Die meisten siamesischen Zwillinge, die im Ultraschall entdeckt werden, werden abgetrieben. Zahlen habe ich keine darüber gefunden, das heißt aber, es gibt eine ganze Menge mehr, bzw. es *gäbe* mehr. Als wir noch im Uterus lagen, gab es keinen Ultraschall, aber ich denke, dass unsere Mutter sich in jedem Fall gegen eine Abtreibung entschieden hätte, selbst gegen ausdrückliches Anraten der Ärzte. Sie wusste aber nicht einmal, dass sie Zwillinge erwartete. Damals wurde man von Geburten tatsächlich noch überrascht. Lachhaft hätte meine Mutter das Argument gefunden, dass die Möglichkeit, wir könnten bei der Geburt sterben, hoch sei. Wozu dann vorher abtreiben? Das Risiko, bei der Geburt zu sterben, lag ja nicht bei hundert Prozent. Die Entscheidung für den Kaiserschnitt fiel rasch, weniger aus medizinischer Indikation, sondern weil die Hebamme lustlos und der Arzt jung war und sich einen sauberen Schnitt eher zutraute als einen sich als kompliziert abzeichnenden Geburtsvorgang. Er zog Paco aus meiner Mutter heraus, und als er bemerkte, dass da noch ein zweites Baby dranhing, entfuhr ihm ein entsetztes »Ein Doppeldecker! Das gibt's ja nicht!« Mein Vater bekam uns erst zu Gesicht, als wir schon gewaschen und in Windeln und Handtücher verpackt waren, einen Strampler gab es für uns natürlich nicht. Erst Mutter kam zu Hause auf die Idee, in die Strampelhosen, die sie während der Schwangerschaft geschenkt bekommen hatte, seitlich Löcher zu schneiden, damit sie sie uns anziehen konnte. Ein paar Tage später, nach Überwindung des ersten Schocks, erkundigte sich Vater nach den medizinischen Möglichkeiten einer Trennung. Unsere Mutter nahm uns so an, wie wir waren, sie wollte von einer Trennung nichts wissen. Wir waren ein kleines Wunder für sie, uns fehlte ja nichts, wir hatten alle Gliedmaßen und wiesen keine Missbildung auf, außer dass wir zusammenhingen. Sie war nicht religiös, sie glaubte vielleicht an die Natur, der man nicht ins Handwerk pfuschen sollte. Das Verhalten der Krankenschwestern und Ärzte löste bei ihr einen extremen Abwehrmechanismus aus, vor allem gegen Mediziner und Behörden, und stachelte ihren Mutterinstinkt erst so richtig an. Wir hatten zwei hübsche Eskimogesichtchen, die einander aufs Haar glichen. Meinen Eltern wurde geraten, uns zur Adoption freizugeben, wir würden anfangs in die Obhut des Staates kommen, so lange, bis eine oder auch zwei Pflegefamilien gefunden seien, das bedeutete natürlich, sobald wir getrennt worden waren. Unsere Eltern lehnten das kategorisch ab. Ein ähnliches Schicksal, wie es Mascha und Dascha Kriwoschljapowa erleiden mussten, blieb uns dadurch erspart. Die beiden wurden ihrer Mutter sofort nach der Geburt (ihr sagte man, sie seien gleich gestorben oder tot auf die Welt gekommen) weggenommen und fanden in der Sowjetunion der Fünfziger und Sechziger als medizinische Versuchskaninchen ihre Bestimmung. Man ging nicht zimperlich mit ihnen um, nicht einmal, als sie noch ganz klein waren. Sie wurden gestochen, verbrüht, verbrannt und unterkühlt, tagelang dem Hunger ausgesetzt und jahrelang (bis sie sechs waren) in ihrem Gitterbett gefangen gehalten. Niemand brachte ihnen bis dahin das Gehen, Essen mit Besteck oder gar Lesen bei. Sie hatten keinen einzigen Menschen, der ihnen eine rudimentäre Zuneigung oder Zärtlichkeit entgegenbrachte. Sie hatten nur einander. Wenn sie sich gegenseitig schlugen, kratzten und bissen bis aufs Blut, weil sie ihr Zusammensein nicht mehr ertrugen, wurde ein Protokoll angefertigt. Sie wurden beobachtet anstatt beruhigt. Eigentlich ist es ein Wunder, dass sie diese Zeit überlebt haben. Sie starben mit 53, ihre letzten Jahre verbrachten sie in einem 25-Quadratmeter-Zimmer in einem Altersheim, in relativem Komfort im Vergleich zu ihrer Kindheit und jungen Erwachsenenzeit. Aus den staatlichen Institutionen waren sie ihr Leben lang nicht herausgekommen. Wahrscheinlich wäre es bei uns nicht ganz so schlimm verlaufen, die Zwillingsforschung war durch die grausamen und tödlichen Experimente des Nationalsozialismus im westlichen Europa und in Amerika in ziemlichen Misskredit geraten. Aber wer weiß.

Wir kamen als Doppelbaby auf die Titelseite der größten Tageszeitung, verschiedene Reporterteams besuchten uns zu Hause, eine Zeitlang wurden täglich Säcke von Plüschtieren und Babyrasseln vom Briefträger gebracht, die uns Leute, die sich für uns interessierten, schickten, bald aber waren wir vergessen, erst nach der Operation erschien wieder ein größerer Artikel und später, als wir achtzehn wurden, hat sich noch ein Journalist einer Regionalzeitung an uns erinnert und ein Porträt von uns verfasst. Damals war schon klar, dass Paco Schauspieler werden würde, er nahm bereits Unterricht und hatte schon einige kleine Rollen ergattert, mit denen er vor dem Journalisten prahlte. Ich träumte noch von einer Karriere als Malergenie, zeigte dem Zeitungsmenschen aber kein einziges Bild, sondern gab mich wortkarg und geheimnisvoll. Dementsprechend fiel das Porträt aus. Genau so, wie man es sich vorstellt. Aber die Sensation war natürlich vorbei, wir waren nach außen hin ein ganz normales Zwillingsbrüderpaar geworden, dem man seine siamesische Vergangenheit nicht ansah.

Der einzige Vorwurf, den ich meiner Mutter mache, ist die Verschleppung der Trennung. Irgendwie kann ich sie verstehen. Ein Doppelkind zu haben und dann auf einmal zwei einzelne, auch das ist nicht leicht zu verkraften. Trotzdem, unsere Trennung war unkompliziert, die Ärzte hatten das immer wieder bestätigt, und sie hätte sich mehr in mich hineinversetzen müssen. Aber Paco war ihr immer näher. Und vor allem hatte sie wieder eine Gelegenheit, gegen die Ärzte zu opponieren. Paco hätte nicht so sehr darunter gelitten, wären wir jünger gewesen. Und ich hätte nicht unter Paco gelitten, zumindest nicht so lange. Und Vater hätte sich nicht Pacos Hass zugezogen, nicht in diesem Ausmaß. Paco sprach kein Wort mehr mit ihm, für ihn existierte nur noch Mutter.

Unser Fall schien im psychologischen Sinn einzigartig zu sein. Entweder waren die Zwillinge, die ihre Trennung überlebt hatten, glücklich darüber – und zwar beide. Oder sie mochten sich ein Leben ohne den Zwilling gar nicht vorstellen, wenn sie ohnehin nicht getrennt werden konnten, und wieder andere, die einen Hirnschaden davongetragen hatten, mussten sich keine Gedanken mehr machen. Auf den ersten Blick fand ich diese Trennungen immer traurig, wenn die Getrennten nur noch jeweils ein Bein hatten, oder nur noch einen Arm oder wenn sie auf einer Seite überhaupt keine Gliedmaßen mehr hatten und auf Krücken dahinhumpelten, wo sie vorher zu zweit sich so gut fortbewegt hatten. Ich wünschte mir immer, sie wären zusammengeblieben, obwohl ich es besser hätte wissen müssen. Diese schrecklichen Bilder von Kindern, die wie einbeinige Frösche auf dem Boden herumhüpfen. Und immer ist eines agiler als das andere. Hüpft höher oder grinst frecher in die Kamera. Oder wenn ihre Gehirne zerstört worden waren. Es kam mir vor wie eine mutwillige Gemeinheit. Reine Experimentiersucht. Oder wenn eines starb bei der Operation und das andere weiterlebte. Auf Kosten des Zwillings weiterzumachen ist eine hoffnungslose Vorstellung. Da gab es dieses hoch religiöse Paar, dessen Kinder, zwei Mädchen, waren am Kopf zusammengewachsen. Eines starb bei der Operation, das andere überlebte mit guten Aussichten (obwohl einige Gehirnareale angekratzt worden waren, das Sehvermögen litt darunter, man sah das Kind nur noch mit riesigen dicken Brillengläsern). Aber das wahrhaft Unbegreifliche: Noch vor dem Operationstermin war die Frau schon wieder schwanger. Natürlich ist die Chance, zwei siamesische Zwillingspärchen auf die Welt zu bringen, verschwindend gering. Trotzdem Wahnsinn. Die Frau träumte davon, noch einmal Zwillinge zu bekommen, *normale*. Zack, zack, zurück an den Start! Wir tun so, als wäre nichts gewesen. Und dann war da noch ein dreißigjähriges persisches Paar, ebenfalls am Kopf zusammengewachsen, das sich im vollen Bewusstsein den Risiken einer Operation unterzogen hatte, weil die beiden Frauen es zu zweit nicht mehr ertrugen. Sie waren, laut Pressestimmen, hochgebildet, attraktiv und sympathisch. Sie starben beide noch in der Narkose. Sie verbluteten wie dilettantisch geschlachtetes Vieh. Wir hatten Glück, unsere Trennung verursachte keine körperlichen Schäden oder Defizite. Den russischen Schwestern wurde im Kindesalter ein drittes Bein amputiert (sie waren an den Hüften zusammengewachsen), ich weiß nicht mehr, welcher es gehörte, es war verkümmert, aber es hatte den beiden als stabilisierende Stütze gedient, danach konnten sie nur noch mit Hilfe von Krücken gehen. Uns blieb nur die lange Narbe, die uns im Übrigen von der Armee befreite, was für mich eine große Enttäuschung war, Paco hingegen war froh. Wenn ich schon in kein englisches Internat gehen konnte, dann wenigstens zum Heer. Aber als ehemalige siamesische Zwillinge waren wir wohl in psychologischer Hinsicht ein zu großes Risiko für so eine fragile Männerzwangsgemeinschaft (damals gab es noch keine Frauen beim Heer). Man traute uns nicht über den Weg.

Ich dächte oft daran, wieder mit dem Illustrieren anzufangen, erzählte ich ihr. So nebenbei. Im Geschäft könne ich das gut machen, es kämen ohnehin wenig Kunden.

In Wirklichkeit dachte ich gar nicht daran, ich hätte gar nicht gewusst, wo anfangen, ich hatte überhaupt keine Kontakte zu Verlagen mehr. Ich sagte das nur, um mich bei Jenny in ein gutes Licht zu setzen, was leider völlig danebenging.

Sie glaube nicht, dass ich das so nebenbei machen könne, belehrte sie mich. Ebenso wenig wie mein Geschäft. Ich hocke da drinnen und warte, dass jemand reinkäme und mir Farben um tausend Euro abkaufe. Das sei genau mein Problem. Ich wolle alles nebenbei machen und gelingen würde mir nichts. Ich hätte keine Leidenschaft und keinen Mumm, eine Sache richtig anzugehen. Deswegen hätte ich im Leben nichts weitergebracht. Früher oder später würde ich auch das Geschäft zusperren müssen, das sei ohnehin nicht mehr als ein toter Hund. Im Grunde sei ich der geborene Beamte. Hätte ich sie treffen wollen, um ihr das mitzuteilen?

Darauf gab es im Grunde nichts mehr zu sagen. Ich legte ein paar Scheine auf die Theke und ging grußlos.

Wenn man Teil eines Zwillingspaares ist, wird man nicht als Individuum behandelt, sondern als doppelte Einheit. Lob und Tadel immer für beide, *euer Zimmer ist nicht aufgeräumt, habt ihr eure Hausaufgaben gemacht* und so weiter. *Ihr* und *euch*, heißt es ständig. Es kränkt zutiefst, wenn man von vermeintlich nahestehenden Personen verwechselt wird, die das auch noch lustig finden. Man wird ständig miteinander verglichen, wobei natürlich einer schlechter wegkommt als der andere. Denn identische Zwillinge gibt es nicht, es gibt keinen perfekten Kopien. Wobei dann ja auch die Frage wäre, wer wessen Kopie ist. Unterschiede werden gesucht, wo keine sind, und wo welche sind, werden sie nicht erkannt. Dann gibt es Leute, die sind enttäuscht, wenn die Zwillinge sich als weniger ähnlich herausstellen, als sie sich das vorgestellt haben. *Ich dachte, sie wären nicht zu unterscheiden!* Und dann verwechseln sie dich doch, weil sie sich nicht die Mühe machen, genauer hinzusehen. Viel zu selten kann man alleine etwas machen. Man wird immer zusammengespannt, aus einem hilflosen Gerechtigkeitssinn. Nur keine ungleiche Behandlung! Dass man zwei Menschen nicht immer gleich behandeln muss, dass sie nicht immer dasselbe machen wollen, nur weil sie gleich aussehen, daran denkt keiner.

»Hallo, Paul.«

Jennys Tonfall war neutral und abwartend, als ob sie einen Geschäftsanruf entgegennehmen würde.

»Jenny, hallo. Es tut mir leid wegen gestern, ich …«

»Spar dir deine Erklärungen.«

»Jenny, bitte, ich möchte nur …«

»Sag nichts, ich will nicht mehr darüber reden.«

Wir hatten noch gar nicht darüber geredet. Aber sie hatte Recht, wenn sie sich meine Lügengeschichten nicht anhören wollte. Allerdings musste ich nun etwas vorschlagen. Ein Treffen, ein Abendessen in einem teuren Lokal, einen Theaterbesuch, beides am besten.

»Jenny, können wir uns heute sehen? Ich lade dich ein, wohin du willst.«

»Ich bin schon verabredet.«

»Dann morgen.«

»Morgen bin ich auch verabredet.«

»Jenny, bitte. Ich möchte mich bei dir entschuldigen.«

»Es ist wohl besser, wir sehen uns eine Zeitlang nicht.«

»Jenny, lass dir doch erklären …«

»Nicht nötig, Paul. Ich schlage vor, wir sehen uns in zwei Wochen wieder. Da haben wir beide Zeit, nachzudenken.«

»Ich brauche nicht nachzudenken.«

»Du kannst mich auf Facebook besuchen.«

»Darf ich dich in zwei Wochen anrufen, Jenny?«

»Mach's gut, Paul. Vielleicht fällt dir doch etwas ein, worüber du nachdenken kannst. Bis dann.«

Am Abend trieb ich mich in der Stadt herum. Überlegte, ob ich in dieses oder jenes Lokal gehen sollte, konnte mich zu nichts entschließen. Mein immer noch schmerzender Kopf und meine schlechte Laune sprachen dagegen. Ich hätte jedem Passanten, der mich versehentlich anrempelte, am liebsten eine Ohrfeige versetzt. Und es waren einige. Oder war ich es, der ständig an die Leute stieß? Nun, das Ergebnis war dasselbe. Um meine Wohnung machte ich einen großen Bogen, Paco würde noch da sein. Dafür stand ich unversehens in der Straße, wo Jenny wohnte. Eine Zeitlang ging ich vor ihrem Haus auf und ab, sollte ich bei ihr läuten oder nicht? Sie hatte ja angeblich eine Verabredung. Von der Straße aus konnte man nicht in ihre Wohnung sehen. Jenny besaß einen Schlüssel von mir, das hatte sie nicht veranlasst, mir ebenfalls einen zu geben. Aber selbst wenn ich einen Schlüssel gehabt hätte, hätte ich es nicht gewagt, einfach bei ihr hineinzuspazieren, nach diesem Telefonat. Unschlüssig stand ich vor der Gegensprechanlage, las mehrmals die Namen der Parteien ab, dachte mir skizzenhaft Lebensgeschichten zu Ing. Markus Stechauer, Dr. Joachim Pollanz, Sami Ingeniz und Brigitte Hasenbichler aus und läutete plötzlich, in einem Anfall von Wagemut, bei Jenny Huber, Tür 23. Es rührte sich nichts. Ich läutete noch einmal, ein wenig länger diesmal. Wieder nichts. Ich läutete Sturm, Jenny war nicht zu Hause oder hielt sich, unter dem Küchentisch kauernd – so stellte ich es mir vor –, die Ohren zu. Eine männliche Stimme tönte aus der Gegensprechanlage: »Hören Sie auf zu läuten, Sie Narr, offensichtlich ist niemand zu Hause!«

Ich tippte auf Ing. Stechauer, der auf Jennys Etage

wohnte und wachte, antwortete aber lieber nicht und entfernte mich rasch. Zumindest wusste ich nun eines, sie hatte es ernst gemeint mit unserer zweiwöchigen Zwangspause. Und zu verdanken hatte ich diese Pause Paco.

Zu Hause musste ich anläuten, ich hatte meinen Schlüssel vergessen, was mir noch nie passiert war. Paco empfing mich mit einer schneeweißen und fleckenlosen Kochschürze, die er weiß Gott wo ausgegraben hatte, und einem Geschirrtuch auf der Schulter.

»Es ist schon alles vorbereitet, ich werf gleich die Steaks in die Pfanne, wenn du so weit bist. Ich habe einen Bärenhunger.«

Wir aßen wieder an der Bar, es schmeckte ausgezeichnet, was mich ungemein ärgerte. Das Steak war genau richtig, leicht rosa in der Mitte, die Bratkartoffeln außen knusprig, innen weich, der Salat hervorragend mariniert, mit irgendeinem Spezialessig, der garantiert nicht aus meiner Küche stammte.

»Ich hab drei Filme ausgeliehen. Wonach ist dir, Italo-Western, Screwball-Komödie oder klassischer amerikanischer Thriller mit Robert De Niro und Susan Sarandon?«

»Ich habe dir schon gesagt, dass ich mir sicher keinen Film mit dir zusammen ansehen werde.«

»Du bist noch verkatert. Das wird schon wieder. Ich wasche inzwischen das Geschirr ab. Und gönne mir ein kleines Bierchen, wenn du nichts dagegen hast.«

»Und ob. Du benimmst dich, als wärst du hier zu Hause! Verschwinde endlich und nimm deine Schmierenkomödien mit!«

»Mensch, Paul. Calm down. Dich trifft sonst noch der

Schlag. Ich bin schon weg, ich dachte nur, ich kümmere mich ein bisschen um dich. Du wärst ja gestern gar nicht alleine nach Hause gekommen.«

Er rutschte vom Barhocker, nahm die Schürze ab und stapelte die leeren Teller in die Spüle.

»Der Kühlschrank ist voll, ein paar Biere sind da, eines nehm ich mir mit, bis morgen müsstest du auskommen. Also dann, I call you.«

Weg war er.

Sein plötzlicher Abgang passte mir auch wieder nicht. Ich war es nicht gewohnt, dass Paco sich nach meinen Wünschen richtete. In der Wohnung war es unangenehm still, es roch nach kaltem Fett und Knoblauch.

Ich kramte mein Mobiltelefon hervor, hoffte eine Nachricht von Jenny bekommen zu haben, sogar über eine schlechte hätte ich mich gefreut – nichts. Ich wusch das Geschirr ab, dann nahm ich mir ein Bier aus dem Kühlschrank und setzte mich vor den Fernseher, ganz so, wie es Paco auch gemacht hätte. Aber er hatte immerhin so viel Stil, sich Filme auszuleihen. Ich zappte mich lustlos durch die Kanäle, durch Casting-Shows für zukünftige Missen, amerikanische Sitcoms, britische Pseudo-Dokus, Filmfetzen in Schwarzweiß oder Sechziger-Jahre-Colours. Dazwischen immer wieder Pacos Gesicht, Pacos Gestalt in diversen Kostümierungen, noch nie hatte ich Paco in so vielen Rollen gesehen. Paco mit Blondine, Paco mit Rotschopf, Paco mit Brünetter, Paco als unbelehrbarer Staatsanwalt und Paco als papageibunter Fitnesstrainer. Paco als gehörnter Ehemann, als Saufkumpan, als heimlicher Liebhaber. Paco im historischen Kostümfilm als Neandertaler, Pharao und Musketier. Paco als Spacecowboy und verrückter Atomwissenschaftler. Paco als vom Aussterben bedrohter Tiger auf Sumatra und Paco als maulaufreißendes Flusspferd, das sich in der Nigermündung suhlte. Paco als Hausstaubmilbe unter Abertausenden von seinesgleichen in einem Daunenkissen. Paco als Champagnerflasche, aus der ein Korken schoss, der Pacos Kopf war. Und irgendwann war das Bier aus, und ich war zu faul, neues zu holen, und schlief auf dem Sofa ein.

Ich wachte auf, als ich die Tür ins Schloss fallen hörte. Jenny! Sie hatte sich also entschlossen, die zwei Wochen Zwangspause aufzugeben. Ich richtete mich auf, voller Dankbarkeit und Freude. Ich glaube, ich wurde sogar rot im Gesicht, mein Herz schlug jedenfalls schneller, wie beim ersten Rendezvous. Blut schoss mir ebenso in den Penis, eine Erektion war die Folge. Ich sah mich schon mit Jenny in lustvoller Versöhnung und seufzte. Rauer Jeansstoff scheuerte an meiner Eichel, ich bemerkte, dass ich gar keine Unterhose trug. Ob sie das mochte? Hatte sie so etwas nicht einmal angedeutet? Dann polterte Paco ins Zimmer.

»He Paul, du liegst immer noch herum? Sag mal, du hast ja noch die Klamotten von vorgestern an. Hier riecht es wie im Obdachlosenasyl.«

»Verschwinde! Wie bist du überhaupt reingekommen?«

Abrupt setzte ich mich auf und schlug ein Bein über das andere, hoffend, dass Paco die sichelförmige Ausbuchtung in meinem Schritt nicht bemerkte.

»Ich hab mir gestern Nachschlüssel machen lassen. Es ist immer gut, wenn jemand aus der Familie einen zweiten Schlüssel besitzt. Man kann nie wissen.«

Mir verschlug es vor Empörung die Sprache. Mit geöffnetem Mund sah ich ihm zu, wie er den Fernseher ausschaltete und ein Fenster öffnete. »Ich hab Brioches mitgebracht, ich koche gleich Kaffee.« Er kam näher und legte mir eine Hand auf die Stirn. Starrte er mir dabei nicht zwischen die Beine? Egal, die Erektion war ohnehin weg, binnen Sekunden war sie in sich zusammengefallen. Mich fröstelte. »Fieber hast du keines. Na, es wird schon werden. Bei manchen Leuten dauert es eben länger, nach so einer Nacht.«

»Ich brauche keine Krankenschwester!«

»Ich lasse dir erst einmal die Badewanne ein.«

»Nicht nötig. Ich nehme eine kalte Dusche.«

»Umso besser!«

Er ging in die Küche, um dort herumzurumoren.

Ich duschte lauwarm und putzte mir die Zähne. Zumindest mein Kreislauf und mein Magen waren wieder in Ordnung. Am liebsten hätte ich Vater angerufen, damit er mir Paco vom Hals schaffte, so wie früher. Er hatte immer Verständnis für mich gehabt. Mutter würde sich unsinnigerweise freuen, wüsste sie, dass Paco bei mir eingedrungen war. Es war für sie ein Schlag in ihr geprüftes Muttergesicht, dass ich nichts mehr von ihm wissen wollte. Plötzlich kam mir der Verdacht, dass sie Paco meine Adresse gegeben hatte. Sie hatte mir zwar versprochen, sie ihm nicht zu geben, es war aber für sie ein so ungeheuerliches Opfer, das sie täglich neu bringen musste, und unter dem sie nun vermutlich zusammengebrochen war.

Am Weg vom Badezimmer ins Schlafzimmer sah ich Pacos schwarze Reisetasche stehen. Ausgebeult und fleckiger als noch vor zwei Wochen. Damals war sie zerknautscht gewesen, nun schien sie bis zum Platzen vollgestopft zu sein. Warum stand sie überhaupt da?

»Was macht deine Tasche im Flur?«

Paco hantierte in der Küche mit der Kaffeekanne.

»Ich habe ausgecheckt, die Dreharbeiten sind vorbei, aber ich bleibe noch ein paar Tage hier. Wenn ich schon da bin …«

»Du glaubst doch nicht im Ernst, dass du hier wohnen kannst?«

»Nun ja, die paar Tage, dachte ich … Wozu teures Geld ausgeben?«

»Nie im Leben! Lieber bezahle ich dir das Hotel!«

»Ich koche dafür, du wirst sehen, am Ende willst du gar nicht mehr, dass ich ausziehe.« Er verzog seinen Mund zu einem schmutzigen Gaunerlächeln, das seinen widerwärtigen Serientypen alle Ehre gemacht hätte.

»Gib mir die Schlüssel und verzieh dich!«

»Mensch, Paul. Es ist ja nur für ein paar Tage. Du wirst gar nicht bemerken, dass ich hier bin, außer dass der Kühlschrank immer voll ist und am Abend ein feines Fresschen auf dem Tisch steht.«

»Das interessiert mich nicht.«

»Sollte dich aber. Du machst einen ungesunden Eindruck. Du hast einen schlechten Teint. Ich als Schauspieler könnte mir das nicht leisten.«

»Werdet ihr nicht geschminkt? Woher hast du eigentlich meine Adresse bekommen?«

»Ich dachte, das wolltest du nicht wissen?«

»Jetzt will ich es aber wissen. Also, wer hat sie dir gegeben? Mutter?«

»Arme Mama. Jetzt ist sie doch noch aufgeflogen. Du

kannst ihr keinen Vorwurf machen. Du weißt ja, wie sie darüber denkt.«

»Allerdings! Und du weißt, wie Vater darüber denkt.«

»Ruf ihn doch an! Er gibt dir sicher Ratschläge, wie du mich loswerden kannst.«

»Genau das werde ich machen!«

Ich ging auf mein Klo und schloss ab. Es war der einzige Raum in der Wohnung, den man abschließen konnte. Ich klappte den Deckel herunter und setzte mich drauf. Ich hielt mir die Ohren zu, doch es half nichts, Pacos Stimme dröhnte in meinem Inneren. Ich schrie zurück, wollte ihn mit meiner eigenen Stimme übertönen, es ging nicht, er wurde lauter und lauter, er ging nicht raus aus meinem Kopf. Immer hatte es geheißen, nur an eurer Stimme kann man euch erkennen. Aber das war gelogen. Auf Tonbandaufnahmen war es mir unmöglich gewesen, unsere Stimmen zu unterscheiden. Sie hatten uns dieselben Texte vorlesen lassen, jagten die Tapes durch diverse Geräte und behaupteten dann, unsere Stimmen unterschieden sich in Frequenz, Modulation, was weiß ich alles. Aber ich hatte es nicht hören können. Paco auch nicht. Für uns klangen die Stimmen auf dem Tonband absolut identisch und selbst Paco, der sonst alles liebte, was mit unserem Zwillingsdasein zu tun hatte, selbst Paco fand diese beiden für uns identischen Stimmen unheimlich, weil auch er unfähig war, sie zu unterscheiden. Wir vernichteten die Aufnahmen, die die Eltern von den Spezialisten bekommen hatten, eines der wenigen Dinge, die wir in gemeinsamem heimlichem Einverständnis unternahmen. Ohne dass wir uns darüber abgesprochen hätten, rissen wir in stummer Arbeit die Magnetbänder heraus, zerschnitten sie und warfen die Schnipsel in einem unbeobachteten Moment in einen Papierkorb in dem Park, wo wir nachmittags immer zum Spielen hingingen. Diese Stimmen wollten wir nicht hören, und andere sollten sie auch nicht mehr hören. Dass es noch Aufnahmen in irgendeinem Archiv geben musste, davon ahnten wir damals nichts. Ob sie noch immer dort liegen, weiß ich nicht. Selbst wenn, es wird wohl niemand sie heraussuchen und sich anhören. Obwohl ich unsere Stimmen nicht auseinanderhalten konnte, wusste ich, dass die Stimme in meinem Kopf jetzt Pacos Stimme war und nicht meine. Irgendwas war anders. Der Tonfall? Oder die Frechheit, die aus ihr sprach? Die Stimme sprach aber nicht in Wörtern oder Sätzen, sie war einfach da. Sie schrie und schrie nicht. Ich hörte auf zu schreien. Wenn er schrie, musste ich nicht schreien, es war sinnlos zu schreien, er würde mich immer übertönen. Es war auch sinnlos, sich die Ohren zuzuhalten, Paco drang überall durch.

Ein anderes Geräusch mischte sich ein. Ein Klopfen zuerst, dann ein Schlagen. Als ob Metall auf Holz schlüge, ein unregelmäßiges, immer wieder stockendes Schlagen. Auf das Schlagen folgte ein Lauern, dann wieder ein Schlagen. Dann wieder lauern, schlagen, lauern, schlagen, lauern, schlagen. Und dann ein Wort, ein kurzes, ein bekanntes Wort, ja, Paul, das Wort war Paul, jemand schrie Paul, Paul, und es war natürlich Paco, denn die Stimme kannte ich ja. Diese Stimme war für ewig gespeichert in mir. Da es nicht meine war, war es Pacos Stimme. Aus der wortlosen Stimme hatte sich ein Name herauskristallisiert und gemeint war Paul, also ich. Ich war es, Paul, nicht Paco. Paco war Paco und ich war ich, Paul, nicht Paco. Das war es. Das durfte nicht verwechselt werden, eine Verwechslung wäre fatal. Ich lauschte dem Klang meines Namens aus Pacos Mund und war zufrieden. Solange er wusste, dass ich Paul war und er Paco, war alles gut, er durfte uns nur nicht verwechseln. Ich hoffte inständig, dass er uns nicht verwechselte, nur Paul durfte aus seinem Mund kommen, Paul allein, niemals Paco. Und er rief weiter Paul, verwechselte uns nicht, und ich war zufrieden. Zufrieden schloss ich die Augen und lauschte weiter dem Klang meines Namens, ich konnte gar nicht genug kriegen von ihm, so schön klang der Name Paul in meinen Ohren, und ich hoffte, dass er nicht damit aufhören würde. Dass ich ewig dem Klang meines Namens würde lauschen können, so lange, bis es gar keine Stimmen mehr gab, keine Namen, gar nichts mehr. Bis Paco und Paul aufhörten zu existieren, und erst dann gäbe es eine Stille, eine Ruhe, die einen einhüllte wie ein Mantel aus Pelz.

Aber noch war es nicht so weit, die Stimme rief weiter Paul. Ich öffnete den Mund, um zurückzurufen, um Paco zu rufen, aber kein Ton kam heraus. Mein Mund war trocken wie die mongolische Steppe. Paul, Paul ertönte es weiter, aber aus meinem Mund kam nichts, und irgendwann kam auch kein Paul mehr, irgendwann war es ganz still. Ich barg wieder meinen Kopf zwischen den Händen, gekrümmt saß ich auf dem Klodeckel und rührte mich kein bisschen. Ich war wieder Kind, ich geisterte wieder zwischen den Betten hin und her, mit Paco und Pauli auf den Fersen, in diesen Nächten, die nur uns zu gehören schienen. Unsere Eltern hatten nichts davon bemerkt, oder sie wollten nichts bemerken, wollten sich nicht einmischen, oder vielleicht konnten sie einfach nicht mehr.

Diese Nächte überließen sie jedenfalls uns, und wir kamen gar nicht auf die Idee, sie um Hilfe zu bitten. Diese Nächte waren unzivilisiert, archaisch, ich hatte später als Erwachsener ein Erlebnis, das mich an diese Nächte erinnerte. Ich war mit einer Freundin auf einem Kinderspielplatz in einem struppigen Park, saß auf einer Bank und sah meiner Freundin und ihrem Kind zu, die mit einer Wippe auf und ab schaukelten. Das Kind sprang plötzlich ab – seine Mutter landete unsanft auf dem Hintern –, lief zu mir und verlangte ein Keks, weil es wusste, dass ich welche gekauft hatte. Ich packte also die Kekse – es waren nicht einmal besondere Kekse, sondern ganz gewöhnliche trockene Butterkekse – aus, und als ich aufsah, um dem Kind sein Keks zu reichen, standen da bereits andere Kinder, die mein Kramen nach den Keksen gesehen, gehört oder gerochen hatten. Sie standen stumm vor mir, mit großen, runden Augen, und warteten. Diese Kinder waren wohlgenährte und behütete mitteleuropäische Kinder aus einer bürgerlichen Mittelschicht, die bestimmt keine zwei Stunden ohne Essen auskommen mussten, dennoch standen sie da mit bettelnden Augen und warteten stumm, manche streckten die Hände aus und bewegten die kleinen Finger mit den Speckgrübchen. Die Mutigen drückten sich gegen meine Beine, die weniger Mutigen hielten einen Respektabstand ein. Beide Verhaltensweisen wirken normalerweise auf Erwachsene unwiderstehlich, wecken auf der Stelle den Beschützer- und Ernährerinstinkt. Ich verteilte, ebenfalls stumm, die Kekse, und immer mehr Kinder kamen, wie Vögel, denen man Brotstücke hinwirft, und sahen mich vorwurfsvoll an, bis an einer anderen Stelle des Spielplatzes eine neue Attraktion auftauchte und sie sich jener zuwandten. Eine jähe Enttäuschung löste mein Hochgefühl ab, gerade noch war ich ein mannastreuender Engel für diese Kinder gewesen, nun waren sie schon wieder weg, hatten mich von einer Minute auf die nächste vergessen, hatten mich wegen eines orangegekleideten Müllmanns, der eine klappernde, stinkende Tonne hinter sich herzog, im Stich gelassen. Andere Erwachsene, die die Szene beobachtet hatten, lachten, fühlten sich bemüßigt, witzige Kommentare abzugeben. Mir war nicht zum Lachen. Alle an der Situation Beteiligten hatten die Angelegenheit mit dem nötigen Ernst abgewickelt. Mit dem Ernst, den die Natur verlangt und mit dem man selten genug so unverstellt konfrontiert wird. Denn da war reinste Natur zum Vorschein gekommen, die Gier, oder besser, das Wollen der Natur, die ja nur ein Ziel hat, Überleben. Die Kinder nahmen eine Gelegenheit zur Nahrungsaufnahme wahr – wer weiß, wann sich die nächste bot –, und damals wollte Paco bei mir sein, das war sein Überleben, und ich wollte weg von ihm, das war mein Überleben. Und einmal schaffte es der eine, dann der andere. Und wir überlebten beide. Und der Schluss, der daraus folgt? Ich hatte nun zwanzig Jahre allein gelebt, meinen eigenen Überlegungen nach wäre jetzt Paco an der Reihe, also zwanzig gemeinsame Jahre mit Paco. Das konnte nicht sein. Ich revidierte mich selbst, beschloss, dass das *Bäumchen wechsle dich Spiel* nur für die Kindheit, meinetwegen auch Jugend galt. Nicht für das Erwachsenenalter. Niemals! In der Kindheit braucht man besonderen Schutz, hat Anspruch auf spezielle (bessere) Behandlung, aber dieses Recht erlischt als Erwachsener. Jawohl! Ab dann ist jeder auf sich allein gestellt. Ich wischte mir Schweiß von der Stirn. Ich war fix und fertig, der Gedanke, dass Paco meine nächsten zwanzig Jahre zustünden, hatte mich aufgeregt und erschöpft. Mein Herz raste. Wie lange war er eigentlich schon hier? Drei Wochen? Mir kam es vor wie drei Jahre. Ob Paco dachte, dass ihm die nächsten zwanzig Jahre zustünden? War er deswegen aufgetaucht? Hatte er ein moralisches Anrecht auf permanentes Zusammensein mit mir? Das konnte ich mir nicht beantworten. Ich hatte noch nie auf diese Weise darüber nachgedacht. Ich hatte es immer nur von meiner Warte aus betrachtet: als eine Zumutung für mich.

Es krachte und ein Holzsplitter traf mich an der Stirn. Die Tür hing schief in ihren Angeln, das Schloss war herausgebrochen. Paco stand mit aufgekrempelten Hemdsärmeln vor mir.

»Geht's dir gut? Brauchst du einen Arzt?«

Er hielt ein Stemmeisen in der Hand, weiß der Himmel, woher er es hatte, ich besaß so etwas nicht. Er warf es auf den Boden und zog mich vom Klodeckel herunter.

»Komm raus da, Paul. Es ist saukalt hier drinnen.«

Ich machte mich von seinem Arm los und ging ins Badezimmer. Er kam mir nach. Ich sah in den Spiegel, eine blutige Schramme prangte auf meiner Stirn, hinter mir tauchte Pacos Gesicht auf, ohne Schramme. »Jetzt kann man uns wenigstens unterscheiden«, sagte ich.

»Sei doch nicht so dramatisch, mein Gott! Wir sehen uns doch ohnehin kaum mehr ähnlich.«

Natürlich stimmte das nicht. Wir hatten verschiedene Frisuren, eine andere Gesichtsfarbe, das waren die einzigen Unterschiede. Wir glichen einander so, wie ein braunes Ei einem weißen gleicht. Die Leute glauben immer, wenn sich Zwillinge lange Zeit hindurch nicht sehen, wird die Ähnlichkeit geringer, weil das andere Leben, die persönlichen Erfahrungen, unterschiedliche Spuren in die Gesichter gräbt. Das Gegenteil ist der Fall. Die Natur gleicht die künstliche, von ihr nicht gewollte Trennung durch noch stärkere Ähnlichkeit aus. Zumindest bei uns war es so.

Paco kramte in meinem Badezimmerschränkchen herum, fand Wundsalbe, Alkohol und Verbandszeug und begann an meinem Kratzer herumzudoktern.

»Lass das!«

»Das gehört gesäubert und desinfiziert. Dann bleibt nichts zurück.«

»Dann streu lieber Salz hinein.«

»Witzbold! Glaubst du, eine Narbe am Kopf ändert irgendetwas?«

Er brannte die Wunde mit Alkohol aus, klebte mir ein Pflaster an die Stirn und presste für ein paar Sekunden seinen Daumen auf die Stelle.

»So, passt und hat Luft.«

Er legte Salbe, Alkohol und Pflaster wieder an ihren Platz und betrachtete sich ausgiebig im Spiegel des Badezimmerkästchens. Er streckte die Zunge heraus und bleckte die Zähne. Er rollte mit den Augäpfeln und riss den Mund zu einem Abgrund auf. Er gähnte geräuschvoll.

»Gesichtsgymnastik«, sagte er ungefragt. »Belebt ungemein. Solltest du auch machen.«

»Wozu? Der Schauspieler bist du.«

»Der Kaffee ist inzwischen kalt geworden, ich mache frischen«, sagte er zu sich selbst.

Ich wartete, bis er das Bad verlassen hatte, dann warf ich die Tür zu und zog mich aus, ließ die Kleidungsstücke eines nach dem anderen in den vollkommen leeren Wäschekorb fallen. Er war sich tatsächlich nicht zu blöd gewesen, meine gesamte Wäsche zu waschen. Ich duschte lauwarm und ließ das Wasser lange über meinen Kopf rinnen, das Pflaster ließ sich nicht wegschwemmen. Es war *extrastrong* und wasserfest, ich hatte es ja selbst gekauft. Ich hatte in der Apotheke nach dem stärksten Pflaster gefragt, und ich hatte es bekommen, zu einem immensen Preis. Die Verkäuferin warnte mich noch eindringlich, es niemals im Bereich des Gesichts oder anderer empfindlicher Stellen anzuwenden, weil das Entfernen schmerzhaft sei und unschöne Spuren zurückbleiben könnten. Beides sei eben nicht möglich, langer Halt und schmerzloses Entfernen, hatte sie lächelnd gesagt, wie zu einem Kind. Danach hatte ich sie aber gar nicht gefragt. Ich wollte nur ein Pflaster haben, das sich nicht bei der ersten Berührung verabschiedete. Das hatte ich nun.

Ich ging nackt durch Vorraum und Wohnzimmer und versuchte Paco, der an der Theke saß und Briochegebäck in seinen Kaffee tauchte, während er in einer Zeitung las, zu ignorieren, fühlte mich aber durch seine Blicke verfolgt. Ich zog mich an, öffnete alle Fenster und blieb unschlüssig vor dem Bett stehen. Dann zog ich die Bettwäsche ab. Was Besseres fiel mir nicht ein. Ich wollte Geschäftigkeit demonstrieren. Dann musste ich ohnehin bald ins Geschäft. Ich musste mich wieder besser um das Tier kümmern, ich hatte es in letzter Zeit vernachlässigt.

Es brauchte schließlich mehr als nur Nahrung. Es brauchte eine Ansprache. Für Jenny musste ich mir auch etwas einfallen lassen. Mit dem Tier war es einfacher, es nahm alles an, was man ihm gab, was man von Jenny nicht behaupten konnte. Ich trug den Bettwäscheballen ins Badezimmer und putzte mir die Zähne. Ohne ein Wort zu Paco, der noch immer in die Zeitung vertieft an der Theke saß, zog ich mir die Schuhe an und verließ die Wohnung. Ich solle mir wenigstens ein paar Brioches mitnehmen, rief er, und lief mir bis in den ersten Stock nach, wo er mir das Papiersäckchen in die Hand drückte. Ich nahm es, ich würde das Gebäck dem Tier geben.

2

DAS TIER

Weißt du, manchmal wünsche ich mir, ich hätte eine Zwillingsschwester. Hast du nie den Wunsch nach einem Bruder, einem Zwillingsbruder verspürt? Das wäre ein Mensch, der einen absolut verstehen würde, dem man nichts zu erklären brauchte. Mit dem man sprechen könnte, ohne ständig Missverständnisse befürchten zu müssen. Man könnte einfach mit ihm zusammen sein, ohne dieses ganze sinnlose Palaver.
Jenny

Es legte sich eine Hand auf das Gesicht und streichelte sich selbst, dann steckte es einen Daumen in den Mund. Mit der anderen Hand drehte es eine dicke Haarsträhne um den Finger, so lange, bis sie wegschnellte, dann drehte es die Strähne von neuem auf, sie schnellte weg, es drehte sie auf, sie schnellte weg. Ich sah ihm gerne bei diesem Haarewickeln zu. Es hatte etwas Meditatives. Manchmal nahm ich auch eine seiner Strähnen und drehte sie um meinen Finger, aber bei mir schnellte sie nicht so schön weg, ich war nicht geschickt und schnell genug. Ich blieb noch eine Weile neben ihm sitzen, dann küsste ich es auf die Stirn, die mir ein wenig heiß vorkam, drehte den Heizstrahler höher auf und ging nach oben ins Geschäft und arbeitete mich durch den Farbenbestand. Ich gab mehr oder weniger notwendige Bestellungen auf und nach einer knappen Stunde war auch diese Tätigkeit beendet. Ich ging noch einmal in den Keller, das Tier schlief und röchelte ein bisschen, es klang wie das Gurgeln einer Filterkaffeemaschine. Das Tier sprach nicht. Das heißt, es sprach mit mir nicht, es benutzte die Gebärdensprache, um mit mir zu kommunizieren. Wenn überhaupt. Das hatte es mir nach zwei Wochen erklärt, seitdem war kein Wort mehr aus seinem Mund gekommen. Vielleicht schrie es oder sang es oder führte Selbstgespräche, wenn ich nicht anwesend war, damit ihm seine Stimme nicht verloren ging, ich weiß es nicht. Ich hatte seine Stummheit als eine mir angemessene Strafe akzeptiert und mich längst daran gewöhnt. Die Gebärdensprache hatte ich mir in einem Semesterkurs erst mühsam aneignen müssen. Warum das Tier die Gebärdensprache beherrschte, wusste ich nicht. Vielleicht hatte es früher mit Taubstummen gearbeitet. Besonders gut war ich nicht darin, vor allem was die Schnelligkeit betraf, aber für die Kommunikation mit ihm reichte es, obwohl das Tier natürlich keine Rücksicht auf mich nahm und seine Gebärden keine Spur langsamer machte. Ich war sogar ein bisschen stolz auf mich, etwas Neues gelernt zu haben, und betrachtete es als Teil meiner Allgemeinbildung. Ich legte meine Wange an seine Stirn, um die Temperatur zu messen, sie schien mir immer noch erhöht, nicht allzu sehr, vielleicht 38 Grad oder 38,5, kein Grund zur Besorgnis, aber beobachten musste man es. Seine Haare waren schon feucht geschwitzt. Ich ging wieder hinauf und kochte einen Brusttee – eine Mischung aus der Apotheke –, den ich in eine Thermoskanne füllte und gemeinsam mit einer Tasse und einem Säckchen zusammengeklebter Malzbonbons, die ich in der Schreibtischlade gefunden hatte, dem Tier neben seine Matratze stellte. Es schlief immer noch. Aber das konnte nur gut sein. Schlaf ist der beste Arzt, hieß es doch irgendwo. Vielleicht sollte ich die Nacht hier verbringen. Dann musste ich wenigstens Paco nicht mehr sehen und möglicherweise würde er diesen Wink mit dem Zaunpfahl nicht nur verstehen, sondern auch danach handeln. Am besten wäre es, neben dem Tier zu schlafen, denn wenn ich oben schlief, würde ich eine etwaige Verschlechterung seines Zustandes nicht bemerken. Es gab unten aber nur eine Matratze, und die war zu schmal, als dass wir beide darauf übernachten hätten können. Und die Couch von oben konnte ich alleine unmöglich hinuntertragen. Ich brauchte zumindest eine Schaumstoffunterlage oder eine Campingmatte oder Ähnliches. Ich sperrte in aller Eile das Geschäft zu und fuhr mit der U-Bahn zur Filiale einer Billig-Möbelkette. Dort fand ich in der Polsterabteilung eine Schaumstoffmatratze, die aus drei mit Bändern verbundenen Quadern bestand, die man zusammengeklappt und in eine Plastikhülle gesteckt wie eine Tasche tragen konnte. Sie war rot und vanilleweiß gestreift, sie würde ein bisschen Farbe in den Keller bringen. Dazu kaufte ich einen dunkelblauen Daunenschlafsack, denn ich hatte im Geschäft nur eine dünne Wolldecke, die für den Keller nicht ausreichte. Eine Tagesdecke mit bunten Kreisen stach mir noch ins Auge, die nahm ich ebenfalls mit, für das Tier, damit es auch etwas Neues bekam. Wieder im Geschäft trug ich die Sachen hinunter, zur Sicherheit auch die alte Wolldecke, das Tier kriegte von all dem nichts mit. Es lag vollständig abgedeckt mit verdrehten Gliedern da. Ich rückte seine Arme und Beine einigermaßen gerade und deckte es wieder zu. Den neuen Tagesüberwurf legte ich zusammengefaltet neben seinen Kopf auf den Boden. Würde ich so schlafen, würden mir die Gliedmaßen absterben, eines nach dem anderen, wie einem Junkie im Straßengraben. Es hatte in meiner Abwesenheit vom Tee getrunken, wie ich an dem eingetrockneten Ring auf dem nach innen gewölbten Tassenboden feststellen konnte. Das freute mich. Die Bonbons hatte es nicht angerührt, aber das geht ja auch schlecht, Bonbons lutschen, während man schläft. Ich brach ein Stück Malz von dem Klumpen und lutschte daran. Ob das Tier etwas Ansteckendes hatte? Wenn ja, hatte ich mich sicherlich schon infiziert, dann war nichts mehr zu machen. Aber wo hätte es sich anstecken sollen? Eigentlich war ich der Einzige, der es anstecken konnte. Und ich hatte nichts. Ich fühlte mit der Hand seine Temperatur, sie schien sich nicht verändert zu haben. Das war immerhin ein gutes Zeichen. Vielleicht hatte Paco mich mit irgendetwas angesteckt, das bei mir nicht ausgebrochen war und das ich nun übertragen hatte. Wahrscheinlich hatte es sich nur eine gewöhnliche Erkältung eingefangen, es verlor im Schlaf immer die Decke. Ich ging wieder nach oben und legte mich auf die Couch. Ich durfte beim nächsten Mal nicht vergessen, ein Handtuch mitzunehmen, um ihm Gesicht und Haare abzutrocknen. Aber jetzt war Mittagspause. Ich war erschöpft vom Möbelhaus, von der Krankenpflege, vom ständigen rauf und runter Gehen, ich nickte ein und wachte zehn Minuten später fröstelnd auf, mein Plaid lag ja im Keller. Ich wollte aber nicht schon wieder hinunter, ich stand auf und kochte mir einen starken schwarzen Tee. Das Schlafen zu Mittag tat mir ohnehin nicht gut, trotzdem fand ich mich wieder und wieder zu Mittag auf der Couch, reglos, mit halboffenem Mund, aus dem verdickter Speichel tropfte. Früher blätterte ich noch in der Zeitung, das habe ich inzwischen aufgegeben, ich kam selten über die zweite Seite hinaus. Ich nahm mir vor, nicht einzuschlafen, sondern nur bewusst zu atmen, Energie zu sammeln oder nachzudenken. Ich wachte immer völlig zerschlagen und deprimiert auf, weil ich viel zu lange schlief und das Gefühl hatte, mein Leben zu verschlafen, gar nicht mehr rauszukommen aus diesem Schlaf, der meine Stunden fraß wie Pacman seine bunten Gespenster und mir nichts dafür gab. Wie aus einem Abgrund taumelte ich aus diesem Schlaf herauf, mit dem diffusen Gefühl, noch einmal davongekommen zu sein, allerdings zu Unrecht davongekommen. Der Mittagsschlaf sollte, um der Gesundheit zuträglich zu bleiben, nicht länger als zwanzig, dreißig Minuten dauern, ich aber schlief oft zwei Stunden und länger. Ab drei Stunden Mittagsschlaf steigt angeblich das Sterberisiko dramatisch an. Genau so fühlte ich mich.

Ich schloss nochmals das Geschäft ab und holte mir Zahnbürste und Zahnpasta aus dem Drogeriemarkt, Taschentücher und Eukalyptusbonbons für das Tier. Am Nachmittag ging ich wieder zu ihm runter, es war wach und hatte offensichtlich gerade gegessen, seine Backen waren voll, und zerknülltes Butterbrotpapier lag neben der Matratze. Die neue Tagesdecke trug es wie einen Poncho um die Schultern. Sie stand ihm gut zu Gesicht, und das Tier strahlte wie ein Mädchen im frischgewaschenen Sommerkleid. Ich nahm mir vor, ihm öfter etwas Neues zu kaufen. Es hielt mir die Thermoskanne entgegen und schwenkte sie hin und her, was wohl bedeuten sollte, dass sie leer war und ich neuen Tee machen sollte. Ich gab ihm die Bonbons, es riss die Packung auf und steckte sich mehrere Stücke auf einmal in den Mund, wobei es die Bonbons gegen die Zähne klackern ließ. Ich griff ihm auf die Stirn, sie war nicht mehr so heiß wie am Morgen, nur noch leicht erhöhte Temperatur. War es überhaupt notwendig, hier zu schlafen? Ja, entschied ich, es konnte einen Rückfall bekommen, und am Abend konnte das Fieber wieder steigen. Es konnte Alpträume kriegen, sein Herz konnte rasen und dann stehen bleiben, ich durfte es nicht allein lassen. Außerdem würde ich so Paco entkommen. Es war ein Entkommen auf Zeit, das war mir klar. Zeit zum Denken gewann ich. So sehr ich aber darüber nachdachte, mir fiel keine Lösung ein. Paco war offensichtlich nicht bereit, freiwillig zu gehen. Ich könnte beispielsweise zur Polizei gehen. War es nicht Hausfriedensbruch, was Paco da veranstaltete? Oder gar Einbruch? Immerhin hatte er sich ohne mein Einverständnis einen Schlüssel nachmachen lassen. Gab es diesen Tatbestand überhaupt unter Verwandten, unter Zwillingsbrüdern? Ich brauchte wohl eine Verfügung oder etwas in der Art. Einfacher wäre es, das Schloss auswechseln zu lassen. Das war's. Warum nicht gleich? Ich ging wieder rauf und kochte noch einen Brusttee für das Tier. Ich trug den Tee hinunter und sagte ihm, dass ich am Abend wiederkommen und bei ihm schlafen würde. Ich fragte es, ob es etwas Spezielles zum Abendessen wollte, aber es schüttelte den Kopf. Es lehnte sich gegen die Mauer, zog die Decke fester um seine Schultern und schloss die Augen. Wenigstens war es mit der neuen Decke zufrieden. Ich strich ihm die feuchten Haarsträhnen hinter die Ohren und küsste es auf die Stirn. Es würdigte mich keines Blickes mehr. Ich sammelte die leeren Papiere und eine zerdrückte Milchpackung ein und ging wieder hinauf. Ich würde am Abend eine Pizza Hawaii mitbringen, die kam bei ihm immer gut an. Sonst kannte ich niemanden, der Pizza Hawaii aß, und doch hatten die meisten Pizzerien sie noch im Angebot. Vielleicht gab es niemand zu, es ist ein bisschen peinlich, im Grunde ist es die Verhöhnung eines italienischen Gerichtes. Nur in Australien bekennt man sich offen dazu. Aber dort legen sich die Leute auch Heuschrecken auf die Pizza. Nun, das Tier durfte, es musste sich nicht um Essetikette kümmern. Ich ging wieder nach oben und erschrak furchtbar, als ich Paco an meinem Schreibtisch lümmeln sah, die Beine mit den Schuhen auf der Tischplatte lagernd. Mir wurde gleichzeitig heiß und kalt. Hatte ich nicht die Tür abgeschlossen, bevor ich in den Keller gegangen war?

»Hi Paul, wo kommst du denn her? Sperrst du den Laden nicht zu, wenn du ihn so lange allein lässt? Ich habe gerade einen riesigen Kasten mit superteuren Ölfarben verkauft. Die Dame war ganz begeistert und hat versprochen mir ihr erstes Bild zu schenken. Also dir natürlich. Krieg ich eine Provision?«

»Ich war kurz im Keller, etwas runterbringen. Wie lange sitzt du denn schon da?«

»War bloß ein Witz. Ich bin erst seit ein paar Minuten da. Trotzdem, du solltest auf jeden Fall zusperren, da kann ja jeder kommen und dir Kasse und Pinsel klauen.«

Die Kasse war bis auf ein wenig Wechselgeld leer, es war an diesem Tag noch kein einziger Kunde dagewesen.

»Das hast du ja zum Glück verhindert!«

»Musst du noch einmal in den Keller? Kann ich dir helfen etwas hinunterzutragen?«

»Nein. Helfen würde mir, wenn du meine Wohnung räumen würdest.«

»Mensch, Paul, ich hab's dir doch erklärt. In zwei, drei Wochen bin ich ohnehin weg. Du bist doch untertags gar nicht zu Hause und am Wochenende kannst du bei deiner Jenny sein. Sie freut sich sicher, wenn du etwas mehr Zeit mit ihr verbringst.«

»Woher willst du das wissen? Du kennst sie doch gar nicht.«

»Du hast mir so viel erzählt von ihr, an dem Abend, als

wir gemeinsam aus waren, ich habe das Gefühl, ich kenne sie schon ewig.«

Was war an diesem Abend eigentlich noch alles passiert? Es sah mir gar nicht ähnlich, über meine Freundinnen zu tratschen, schon gar nicht mit Paco. Und dass sie mehr Zeit mit mir verbringen wollte, das war nicht einmal der Fall gewesen, bevor ich sie versetzt hatte und sie die Beziehungspause verhängt hatte. Wahrscheinlich war das Ausdruck meiner eigenen Sehnsucht gewesen, öfter mit ihr zusammen zu sein. Das jedenfalls hatte ich ordentlich vergeigt. Mich beunruhigte aber viel mehr, dass ich mit Paco darüber gesprochen hatte. Ich konnte mir das gar nicht erklären. Ich hatte ihm immer möglichst nichts erzählt, ihm alles verschwiegen und verheimlicht, wenn es nur irgendwie ging. Jede Vertrautheit mit ihm, die nicht aus unserem Zusammengewachsensein resultierte, wollte ich vermeiden. Wir kannten uns ohnehin besser, als man einen Menschen normalerweise kennen kann. Als wir lernten, *Ich* zu sagen, meinten wir uns beide. So wie Babys keinen Unterschied machen zwischen sich und der Mutter, die Mutter ist irgendwie das erweiterte Selbst, so machten wir keinen Unterschied zwischen uns. Das kam erst im Lauf der Zeit, bei mir früher als bei Paco, obwohl wir schon bald unsere eigenen Namen verwendeten, wir sprachen von uns in der dritten Person. Alle Kinder machen das, aber wir sprachen in der dritten Person Mehrzahl. Immer: *Paco und Paul das haben*, *Paco und Paul essen*, *Paco und Paul finnenen* (das hieß Zähneputzen). Und wir sagten beide *Paco und Paul*, niemals *Paul und Paco*.

Paco stellte seine Beine mit einem Schwung auf den Boden und schnüffelte nun auf meinem Schreibtisch herum, er verschob Papiere und blätterte im Stehkalender. Die Schubladen des kleinen Kästchens, zu dem er immer wieder hinschielte und an deren Seitenwänden er mit den Fingern entlang strich, öffnete er nicht. Nichts hätte er lieber getan. Schließlich fragte er, ob er seine Mails checken könne, den Computer hatte er bereits eingeschalten, obwohl die Sensortaste kaputt war und man auf einen Stift drücken musste, der auf Anhieb nicht zu finden war. Ich machte mir nicht die Mühe zu antworten. Er drosch auf die Tastatur ein und drehte den Monitor hin und her, dessen Gelenk dabei unangenehm knirschte.

»Kannst du nicht vorsichtiger tippen? Du ruinierst mir alle Tasten!«

»Wieso hast du keine Flüstertastatur, das ist ja mittelalterlich. Und der Monitor lässt sich kaum bewegen. Ich verstehe überhaupt nicht, warum du kein normales Notebook hast wie jeder andere Mensch.«

»Für deine E-Mails wird's wohl reichen!«

»Hm.«

»Und stöber nicht in meinem Verlauf herum!«

»Was interessiert mich dein verdammter Verlauf?«

Er hatte recht. Mich hätte im Gegenteil sein Verlauf interessiert, aber er war sicher nicht so blöd, sich in meiner Gegenwart auf meinem Computer durch verdächtige Seiten zu wühlen.

»Was hast du eigentlich in den Keller gebracht?«

»Leere Schachteln, Verpackungsmaterial, so Zeug eben. Was geht dich das an?«

»Nun ja, ich trage mich mit dem Gedanken, hierher zu ziehen. Ein Ortswechsel würde mir gefallen. Außerdem wär's doch schön, wenn wir uns öfter sehen könnten. Ich nehme mir natürlich eine eigene Wohnung, keine Angst! Ich hoffe, du bist nicht mehr so kindisch, dass du dann wieder die Stadt verlässt. Wir sind doch erwachsen inzwischen.«

Ich musste alles aufgeben. Wohnung, Geschäft, Freundin, das Tier! Und wohin mit dem Tier? Vielleicht konnte ich es mitnehmen. Der Transport würde sich schwierig gestalten. Ich musste es dazu bringen, dass es freiwillig mitkam, dass es kein Aufsehen erregte. Am besten mit Drogen ruhigstellen, den Kopf mit Tüchern und Kapuzen umwickeln, dann dürfte es keine Probleme geben. Oder gleich in eine Burka stecken. Einen Pass brauchte es. Pässe kann man kaufen, auch das würde kein Problem sein.

Ich hätte es wissen müssen, beim ersten Schritt, den Paco in meine Wohnung setzte, dass es wieder vorbei war. Vor wenigen Minuten hatte er noch behauptet, in zwei, drei Wochen weg zu sein. Das war jedoch kein Widerspruch, weil er nie vorgehabt hatte zu gehen. Das war nur ein Aussetzer in seinem Gehirn gewesen. Und in meinem, dass ich es geglaubt hatte. Genau so wenig würde er sich eine eigene Wohnung suchen.

Paco schlief in meinem Schlafzimmer, es war meine Idee gewesen, es ihm zu überlassen und selbst auf dem Sofa zu übernachten. Ich dachte, es wäre angenehmer für mich, wenn ich nicht immer durch das Wohnzimmer müsste und ihn sehen – vor allem in der Nacht, wenn ich auf die Toilette musste –, und es war eine gute Entscheidung, obwohl das Sofa zum Schlafen eigentlich ungeeignet war und ich Paco aus dem Nebenzimmer schnarchen hörte. Er musste nachts nie pinkeln, hatte er sich einmal im Schlafzimmer hingelegt, kam er vor dem nächsten Morgen nicht wieder heraus. Ich drehte mich nächtelang von links nach rechts, schreckte ständig aus dem Schlaf, obwohl ich den Eindruck hatte, keines meiner angeschwollenen Lider zugetan zu haben, schleppte mich auf die Toilette, um ein paar Tropfen abzuschlagen, und dann in die Küche, um einen Schluck Wasser aus der Leitung zu trinken. Mein Rücken war in der Früh verbeult und schmerzte, was dazu führte, dass ich mich im Geschäft gleich auf das Kanapee legte und mich dort den ganzen Vormittag lang auf dieselbe Weise weiterwälzte.

Einmal, als ich ins Schlafzimmer ging, um Unterwäsche und ein paar T-Shirts aus meiner Kommode zu nehmen, sah ich einen dunklen Haarschopf unter der Decke herausragen. Ich schlug die Decke zurück, und ein entsetzter Schrei entfuhr mir, tatsächlich lag da Pauli in seiner ganzen Schlaffheit. Ohne seinen Meister Paco machte er nicht viel her. Er war außerdem schon sehr in die Jahre gekommen, ein schmuddeliger Grauschleier umgab ihn wie eine schmutzige Aura. Ich deckte ihn rasch wieder zu, vollständig, damit sein Haarschopf nicht zu sehen war.

Paco kochte tatsächlich beinahe den ganzen Tag. Er behauptete, sich auf eine Rolle vorzubereiten, er würde einen Hotelkoch spielen in einer neuen Serie und müsse sich in die Materie einarbeiten. Er schleppte meterweise Kochbuchziegel in meine Wohnung und besetzte damit meine Küche. Ich fragte ihn, warum er denn nicht in einer Hotelküche anheuerte (in einer möglichst abgelegenen Tourismusgegend, auf einer Bergspitze oder so, stellte ich mir vor), um zu recherchieren.

»Alles zu seiner Zeit«, antwortete er.

Wenn ich abends nach Hause kam, standen mir unbekannte komplizierte Gerichte auf der Theke, die ich gerne gegen eine Pasta asciutta oder ein Wiener Schnitzel mit Kartoffelsalat eingetauscht hätte. Aber Paco ließ sich nicht beirren, man müsse sich weiterentwickeln, dürfe nicht stehenbleiben. Die Hausmannskost sei nur die Basis, die er längst beherrsche. An den Wochenenden servierte er zum Frühstück selbstgebackene Scones mit Sauerrahm und Heidelbeermarmelade, auf die Clotted Cream verzichtete er zum Glück, nachdem er sie einmal zu einem horrenden Preis bei einem Internetanbieter bestellt hatte. Es war nichts anderes als geklumptes Schlagobers, das leicht ranzig schmeckte.

Oft brachte ich dem Tier von Pacos Gerichten etwas mit, es aß alles mit Begeisterung auf, sogar die Clotted Cream. Als ich ihm wieder einmal eine Pizza Hawaii brachte, stieß es sie mit angewidertem Gesichtsausdruck von sich, und ich aß sie selbst auf, obwohl ich in der Pizzeria schon eine Cardinale gegessen hatte. Es akzeptierte auch nur noch die eine Sorte Brioche, die ich ihm damals von Paco mitgebracht hatte und die aus einer zweihundert Jahre alten Luxusbäckerei stammten, in die ich nun auch täglich musste. Die Brioches waren aus einem besonders flaumigen und dottergelben Teig, fast schon zu üppig und gelb für reines Brioche. Dank Paco war das Tier zum Gourmet geworden. Es hatte bereits etwas zugenommen und seine Hohlwangigkeit verloren. Von seiner Erkältung hatte es sich längst erholt, es saß meistens im Schneidersitz, die bunte Tagesdecke um die Schultern gezogen, wippte vor und zurück und drehte Haarsträhnen auf. Wenn ich mich zu ihm legte und es umarmte, dachte es nicht im Traum daran, das Haaredrehen zu unterbrechen. Einmal trug ich grünen Tee in seinen Keller, ich glaube, ich hatte welchen für mich zubereitet und ihm der Einfachheit halber auch eine Tasse eingeschenkt, seitdem trank es nichts anderes mehr.

Irgendwann kam es, wie es kommen musste. Jenny stand vor Ablauf der Frist, die sie selbst gestellt hatte, an einem Abend unangekündigt in meiner Wohnung, wo sie Paco antraf, der gerade eine Pfirsich-Charlotte aus dem Kühlschrank holte. Ich befand mich in der Toilette, da hielt ich mich immer öfter und länger auf, seit Paco hier war. Tür und Schloss hatte ich reparieren lassen. Es war der einzige Ort in meiner Wohnung, an dem ich mich ungestört fühlen konnte, weil ich ihn absperren konnte. Nabokov hat seinen Sebastian Knight im Badezimmer geschrieben, auf einem über das Bidet gelegten Koffer, während im Zimmer der Ein-Zimmer-Wohnung seine Frau und sein kleines Kind lärmten, und ich las seinen Sebastian Knight auf dem Deckel der Klobrille sitzend, während mein Zwillingsbruder in meiner Küche mit dem Geschirr klapperte. Vielleicht müssen Bücher unter ähnlichen Umständen gelesen werden, unter denen sie entstanden sind.

Zuerst dachte Jenny natürlich, Paco sei ich, mit neuer Frisur und Kleidung und irgendwie verändertem Auftreten. Aber er sagte ihr gleich die Wahrheit, und sie war zu schockiert, um mir später Vorwürfe zu machen. Ich musste ihr auf der Stelle meine Narbe zeigen, und sie inspizierte sie, als sähe sie sie zum ersten Mal.

»Kann man da nichts machen?«, fragte sie.

»Was soll man machen?«

»Es gibt doch genug Möglichkeiten heutzutage.«

»Ich habe keine Lust auf Schönheitschirurgie.«

»Kann ich deine auch sehen?« Sie blickte Paco an.

Er knöpfte sein Hemd auf und legte seinen Teil der Narbe frei, die blasser, gerader, weniger erhaben war, mit einem Wort: schöner (für ihre Begriffe).

»Darf ich«, sagte sie und begann an seiner Narbe zu kratzen und sie mit meiner zu vergleichen. Genau so gut hätte sie unsere Schwänze inspizieren können. Auf ihren acrylverstärkten Fingernägeln prangte ein klimtartiges Dekor, in den typischen Farben, gold, blau und smaragdgrün, was von Paco ausgiebig bewundert wurde, während sie über seine Narbe streichelte.

»Warum ist sie bei dir nicht so gut verheilt?«

»Was weiß ich«, antwortete ich gereizt. Ihr zu erklären, dass ich meine Narbe genau so mochte, war ohnehin sinnlos. Gerade war mein größter Alptraum wahr geworden, und ich wusste nicht, wie ich aus ihm herauskommen sollte.

»Es gibt da diese Theorie von dem verschwundenen Zwilling, dass jeder Mensch einen Zwilling hat, aber nur die wenigsten schaffen es, als Zwillingspaar auf die Welt zu kommen. Meistens verschwindet einer von ihnen, wird entweder vom anderen absorbiert oder stirbt in den ersten Monaten der Schwangerschaft und wird ausgestoßen. Viele Frauen haben unerklärliche Blutungen in den ersten Monaten. Das würde zudem die Existenz der parasitären Zwillinge erklären, deren Körperteile im anderen Zwilling stecken. Manche behaupten, es handle sich dabei lediglich um irgendwelche Zellhaufen oder Krebsgeschwüre, von wegen! Jeder Mensch sehnt sich Zeit seines Lebens nach seinem verschwundenen Zwilling und hat gleichzeitig die Schuldgefühle des Überlebenden. Weil, wenn einer der Zwillinge stirbt, hat ihn der andere wohl umgebracht? Nicht absichtlich, aber ihm die Nase abgedrückt oder den Mund zugehalten, die Nabelschnur verdreht oder ihn sonst wie tödlich gequetscht. Wer weiß schon, was sich da abspielt. Mein ganzes Leben lang habe ich mich nach meinem verlorenen Zwilling gesehnt, ohne es zu wissen! Ich könnte heulen, wenn ich es mir genauer überlege! Was hätten wir nicht alles anstellen können. Geschwister habe ich mir sowieso immer gewünscht. Am liebsten wäre mir ein älterer Bruder gewesen.«

Seit Jenny Paco kennen gelernt hatte, hatte sie sich offenbar mit diversen obskuren Zwillingstheorien befasst, und glaubte nun, mich darüber in Kenntnis setzen zu müssen. Seit Betreten der Bar hatten wir über nichts anderes gesprochen, besser gesagt, Jenny hatte über nichts anderes gesprochen. Ich hatte öfter versucht, das Thema zu wechseln, chancenlos. Ich kannte diese Theorien alle, aber in meiner Beziehung zu Paco hatten sie mir in keinster Weise weitergeholfen. Übrigens hatte ich nie den Eindruck gehabt, dass Jenny sich – verwöhntes Einzelkind, das sie war – Geschwister, geschweige denn einen Zwilling gewünscht hätte. Das exakte Gegenteil des Zwillingskindes ist das Einzelkind.

»Hm«, sagte ich, um Zeit zu gewinnen.

»Schon im Uterus zu zweit!«, rief sie aus. »Ihr müsst ja ganz andere Menschen sein, mit völlig anderen Voraussetzungen als unsereins. Nie allein, also nie einsam. Nie dieses elende auf sich Zurückgeworfene. Immer ist einer da, der hilft.«

»Wie kommst du darauf, dass immer einer *hilft*? Vielleicht machen sie genau das Gegenteil. Außerdem widerspricht das der Theorie vom verschwundenen Zwilling. Warum soll man etwas umbringen oder absorbieren, das einem hilft?«

»Na ja, die Absorbierten, die haben eben geholfen, dass der andere überlebt. Außerdem ist das doch völlig normal. Zuerst lässt man sich helfen, dann, wenn man die Hilfe nicht mehr benötigt, wird der Helfer beseitigt. Das war immer schon so. Schau nach in den Geschichtsbüchern. Oder im Tierreich. Im Überlebenden lebt der andere weiter. Vielleicht wären sonst beide gestorben, kann man sich ja vorstellen. Bei den Kannibalen war es nicht anders, die haben ihre Feinde nicht aus Hunger gegessen, sondern um sich ihre Stärken einzuverleiben. Oft nur das Hirn.«

»Was willst du damit eigentlich sagen? Dass du Schuldgefühle hast wegen deines möglicherweise absorbierten Zwillings?«

»Manchmal hab ich so ein unbestimmtes Gefühl. Als ob ich jemanden ganz früh verloren hätte. Jemanden, mit dem alles ganz einfach war. Jemanden, für den meine Existenz etwas Selbstverständliches war, das nicht hinterfragt werden musste. Für den meine Existenz einen Sinn hatte. Und dieser Jemand ist jetzt offenbar weg.«

»Wer hinterfragt denn deine Existenz?«

»Im philosophischen Sinn natürlich.«

Hatte mir Paco jemals geholfen, hatte er mir jemals das Gefühl gegeben, nicht allein zu sein, im positiven Sinn?

Nicht vereinnahmend und mir die Luft zum Atmen raubend? Ich glaube nicht, und schon im Uterus war es vermutlich nicht anders. Vielleicht hat er die vollständige Teilung unserer Eizelle verhindert? Wer weiß schon, wozu der Mensch, selbst in diesem Stadium, nicht alles fähig ist. Und ich war zu schwach, mich dagegen zu stemmen, mich vollständig abzutrennen von ihm. Absorbiert hat er mich immerhin nicht. Das sprach doch für mich, oder? Aber auch für ihn. Bei Zwillingen, egal ob siamesisch oder nicht, gibt es immer einen schwächeren. Der Eintritt in das Leben bewirkt ein sofortiges Ungleichgewicht, allein die Lage in der Gebärmutter kann bei zwei Föten nicht gleich sein, einer liegt günstiger als der andere. Einer kommt vor dem anderen auf die Welt, und so weiter. Die angeblich selben Bedingungen, unter denen Zwillinge aufwachsen, wenn sie nicht in unterschiedliche Familien gebracht werden, ist reine Utopie.

»Für jeden Menschen ist das doch eine Wunschfantasie, zumindest als Kind, man will die Erwachsenen täuschen. Man will ihnen die Macht der Kontrolle zumindest für kurze Zeit entziehen. Wenn sie einen nicht als die Person erkennen, die man ist, ist man frei und hat gewonnen. Sonst gäbe es nicht so viele Bücher und Filme über Zwillinge, die ja immer Verwechslungskomödien sind. Zeig mir ein Buch oder einen Film über Zwillinge, wo nicht das Verwechslungskarussell in beständigem Gang gehalten wird. Hanni und Nanni, Das doppelte Lottchen, die Filme mit den Kessler-Zwillingen, die Olsen-Zwillinge und wie sie alle heißen!«

»Du hast die Kaczynski-Zwillinge vergessen, diese polnischen Politiker. Nachdem der eine, der Präsident von

Polen war, bei einem Flugzeugabsturz ums Leben kam, wollte sich der andere zu seinem Nachfolger wählen lassen.«

»Na eben. *Normalen* Geschwistern würde doch so etwas niemals einfallen.«

War das ein Grund gewesen für die Nichteinberufung? Angst vor Verwechslungsspielchen, Angst vor Untergrabung der Autorität, Verhöhnung der Hierarchien? Sie hätten uns ja in verschiedene Kasernen abkommandieren können.

»Du sprichst so wenig von deiner, von eurer Kindheit. Aber es soll ja Menschen geben, die sich kaum daran erinnern.« Hatte sie jemals von ihrer Kindheit gesprochen? Ich wusste von ihr nicht viel mehr als die Vornamen ihrer Eltern und dass sie vom Land kam.

»Ich kann mich sehr wohl erinnern. Ich hatte eine ganz normale Kindheit wie andere auch. Außer, dass ich einen nervtötenden Bruder hatte. Aber das haben andere auch. Das ist nichts Besonderes. Diese ganze Kindheitsscheiße ist doch unerträglich.«

Paco war von seiner Agentur zu einem Casting für Kandidaten einer neuen Realityshow angemeldet worden und auch hingegangen. Aufgekratzt stand er in der Küche und kochte sich seinen koffeinfreien Kaffee zum Runterkommen. Jetzt wartete er auf den Recall. Dass der bald kommen würde, war für ihn eine ausgemachte Sache. Gecastet wurden offenbar zweit- bis drittklassige Prominente. Schauspieler, Sternchen mit unbestimmtem Betätigungsfeld, Seitenblicke-Leute, ehemalige Starköche und so weiter. Leute jedenfalls, die sich davon einen Relaunch im kollektiven Gehirn des Publikums versprachen. Für Paco natürlich hochinteressante Personen, die auf ihrem Gebiet *verdammt etwas auf dem Kasten hatten*, es nur leider noch nicht an die Spitze geschafft hatten. Damit meinte er vor allem sich selbst. Er war zuversichtlich, meinte, er als Schauspieler habe sehr gute Chancen, die anderen Prominenten, die, die keine Schauspieler waren, würden sich schwer tun mit den Ansprüchen, die dieses Format an sie stellte. Sie waren selbstverständlich zum Stillschweigen verpflichtet worden, was ihn sichtliche Überwindung kostete. Ich war überzeugt, er würde bald herausplatzen mit irgendwelchen Geheiminformationen. Es sei etwas völlig Neuartiges, auf der ganzen Welt noch nie Dagewesenes, selbst die Kandidaten wüssten noch nicht genau, worum es gehe, nur in groben Zügen sei ihnen das bahnbrechende Konzept dargelegt worden, aber ich könne sicher sein, es sei *absoluter Wahnsinn*. Kein von amerikanischen Sendern eingekaufter Junk, sondern eigenständig entwickelt von hiesigen *Machern*, wie er sich ausdrückte. Von seiner Rolle als Hotelkoch war nicht mehr die Rede, obwohl er offenbar seine Kochexperimente weiterführen wollte, zumindest ließen das die Einkäufe, die auf dem Küchentisch ausgebreitet lagen, vermuten.

Jenny besuchte mich am Abend nun immer öfter, viel häufiger als früher, schließlich bürgerte es sich ein, dass sie beinahe täglich mit uns beim Abendessen saß, und mir war nicht ganz klar, ob aufgekocht wurde, weil sie kam, oder ob sie kam, weil aufgekocht wurde. Sie hatte noch nie einen Schauspieler kennen gelernt, Paco war der erste, und sie hatte offenbar vor, das gründlich zu tun. Sie besorgte sich sogar DVDs von zwei oder drei Serien, in denen er mitspielte.

Ich vermutete, dass sie nach Hause fuhr, duschte, sich umzog und neues Make-up auflegte, bevor sie nach der Arbeit hier auftauchte oder, besser gesagt, auftrat. Es war wie eine Inszenierung, wenn sie erschien. Sie sah immer aus wie frisch lackiert, von den Haar- bis zu den Schuhspitzen. Einmal waren ihre Haare glatt und flach gebügelt, dann wieder trug sie Korkenzieher- oder große Oscar-Hollywoodlocken, die bei jeder Bewegung um ihren Kopf wippten und sich im Laufe des Abends allmählich aushängten. Wenn sie mit mir ausgegangen war, hatte sie sich dieser Mühe nur selten unterzogen, meistens trug sie noch ihr Outfit vom Büro, ein feiner Schweißgeruch umwehte ihren Körper und unter ihren Augen lagen winzige schwarze Klümpchen von der Wimperntusche. Sie hatte dann etwas Mattes oder Angestaubtes an sich, was mich aber nicht störte. Im Gegenteil, ich mochte müde Mädchen gerne. Manchmal hatte sie einen kleinen Spiegel aus ihrer Handtasche genommen und sich mit einem roten Stift die Lippen nachgezogen, das war aber schon alles.

Paco deckte den Tisch stets mit Kerzen und gestärkten Servietten aus Leinen, die er extra dafür angeschafft hatte, auch die Kerzenhalter hatte er selbst besorgen müssen, denn ich besaß so etwas nicht. Mich hatte die aufwendige Tisch- und Dekorationskultur rund um das Essen, die meine Mutter mit großem Ernst betrieben hatte, immer irritiert. Im Gegensatz zu Paco, für den gar nicht genug Zeug auf dem Tisch sein konnte. Jenny warf mir immer vor, ich hätte keinen Sinn für Romantik, was sich an solchen Dingen zeige. Ich hatte nicht einmal eine Vase für Blumen, bis sie mir eine zum Geburtstag schenkte, die aber erst unter Paco zum Einsatz kam. Zu Ostern hatte er früher ganze Säcke voll von kleinen, in buntes Stanniolpapier gewickelten Schokoladeeiern und pastellfarbenen Geleehäschen auf dem Esstisch ausgeleert. Sie lagen malerisch auf dem grasgrünen Tischtuch verstreut zwischen Tellern und Gläsern und stellten für alle Kinder unter zwölf eine unendliche Pein dar, weil sie erst nach dem Beinschinken und den traditionellen Würsten gegessen werden durften. Für die Ästhetik des Arrangements hatten sie kein Auge. Nach dem Essen saßen die Kleinen dann mit ihrer Beute unter dem Tisch und stopften sich beidhändig das Schokolade- und Geleezeug hinein, so lange, bis sie sich übergeben mussten, nicht selten auf die neuen Frühlingsschuhe und teuren Seidenstrümpfe der Tanten. Das Gemisch aus schwer verdaulichen Osterwürsten, mit Mayonnaise gefüllten Eiern und womöglich alkoholhaltiger Schokolade war fatal, nicht nur für kleine Kindermägen. Romantisch war das nicht. Zu Weihnachten musste man Teller und Besteck unter den Tannenzweigbergen und Strohsternen erst finden. Wie immer nahm alles bei Paco dramatische Dimensionen an.

Zwei, drei Flaschen mit dem passenden Wein waren bereitgestellt, genügend Bier war eingekühlt. Das Dinner Cancelling praktizierte Jenny nicht mehr, es sei nicht erwiesen, dass es tatsächlich einen Unterschied mache, ob man das Essen am Abend auslasse oder nicht. Auf die Gesamtenergiezufuhr komme es hauptsächlich an, und sie esse nun eben mittags nicht, um Pacos *Kreationen*, so nannte sie seine Gerichte, zu kompensieren. Paco nahm keinerlei Rücksicht auf Kalorienmenge oder Ausgewogenheit zwischen Kohlenhydraten und Proteinen, er kochte, was das Zeug hielt, zwei Gänge und stets ein üppiges Dessert, über dessen Reste sich das Tier am nächsten Tag hermachte. Paco fragte mich nie, was mit den Essensresten geschah, vielleicht nahm er an, dass ich sie als Imbiss für mich mit ins Geschäft mitnahm, er selbst aß nichts vom vorigen Tag Übriggebliebenes, er bewahrte die Reste zwar gewissenhaft auf, warf sie aber sofort weg, wenn sie ein Geschirrstück besetzten, das er gerade zum Kochen brauchte. Gab es Kuchen oder Torte, dann machte er ein kunstvolles Päckchen aus Alufolie für Jenny, das sie in ihre große Tasche steckte.

Auch Jenny war inzwischen, wie das Tier, im Gesicht etwas voller geworden, ihre früher locker sitzenden Hosen- und Rockbünde wurden von Schlagobers, Butter und Zucker ausgefüllt, Zutaten, mit denen Paco nicht sparte. Es schien ihr nichts auszumachen, oder hatte sie es noch gar nicht bemerkt? Schwer vorstellbar bei ihrer Fixierung auf Kalorientabellen, BMI und Taille-Hüft-Quotient und was es da noch alles an Merkwürdigkeiten gab. Sie stellte sich nicht nur, wie andere Frauen auch, jeden Tag zweimal auf die Waage, sie war sich auch nicht zu blöd, jeden Morgen und Abend ihren Bauchumfang mit einem Maßband abzumessen, das sie immer in ihrer Handtasche mittrug, als Schlüsselanhänger.

Einmal hatte ich gesehen, wie sie rasch einen Schluck Schlagobers direkt aus der Packung trank, bevor sie sie in den Kühlschrank zurückstellte. Eine Substanz, die das Innere ihrer Zellwände sanft umspülte und auskleidete und kleine Fältchen ausbesserte, ohne Umweg über den Verdauungsapparat, so stellte ich es mir vor. Früher hatte sie nicht einmal Erdbeeren mit Schlagobers gegessen. Vielleicht hatte Paco einen Sinneswandel bei ihr ausgelöst? Bei mir schlug sein Essen nicht an, ich glaube, weil ich es einfach aufaß, ohne Genuss, es möglichst rasch hinunterschlang mit der ganzen im Bauch gestauten Wut, die seit seiner Anwesenheit in meiner Wohnung die vorherrschende Emotion in mir war und die sofort alles wie Säure auflöste, sodass sich kein einziges überzähliges Nährstoffmolekül in meinen Zellwänden einnisten konnte. Mein Gesicht war eingefallen und bleich, mit dunklen Augenringen wie bei einer übernächtigen Diva, bevor sie in die Maske geht. Paco strotzte vor Gesundheit, er ging jeden zweiten Tag zum Training ins Studio, als Schauspieler ein Muss, vor allem für einen wie ihn (für einen, der sein mittelmäßiges Talent nur mit seinem Aussehen wettmachen konnte). Er hütete sich jedoch, zu viel Muskelmasse aufzubauen, er wollte nicht als Muskelprotz dastehen, sondern als ernsthafter Darsteller anspruchsvoller Rollen.

Jenny schlug eines Abends vor, er solle ein Kochbuch schreiben, viele Schauspieler täten das, es sei gute Promotion, das Buch für ihn als Schauspieler und er für das Buch. In Verbindung mit der Show würde das seiner Karriere endlich zum Aufschwung verhelfen. Sie sprach darüber, als sei sie seit Jahren seine Agentin und hätte nun endlich die zündende Idee für seinen Durchbruch. Sie könne ihm bei der Zusammenstellung der Rezepte helfen und auch das Layout machen, die Umschlaggestaltung, alles. Paco kaufte sich am nächsten Tag in einem Geschäft für Berufsbekleidung ein Set von lustigen Schürzen und einen Kochhut. Er machte keine halben Sachen. Jenny kam nun immer lange vor dem Essen, wenn Paco noch beim Schneiden, Mörsern und Kneten war. Er posierte für sie mit Jungzwiebelbund und Spaghettizange und dozierte über den Unterschied zwischen Eier- und Hartweizenteigwaren. Er trug seine Schürzen über dem nackten Oberkörper. Jenny tippte in ihren Minilaptop, schrieb Zutaten auf, berechnete Nährstoffwerte. Sie machte mit ihrer Digitalkamera Bilder von auf dem Tisch liegendem Gemüse und ausgeschüttetem Reis. Sie versuchte kochendes Wasser zu fotografieren und fabrizierte eine Vorher-Nachher-Reihe von aufgehendem Germteig in verschiedenen Gärstufen. Sie war völlig in ihrem Element. Sie hätten eine Kochsendung daraus machen können, auf irgendeinem obskuren Stadtsender oder auf You Tube, aber ich hütete mich, sie auf die Idee zu bringen. Kameraleute und Kabelträger würden meine Wohnung verwüsten. Assistentinnen würden mich von einem Zimmer ins andere scheuchen.

Meine An- oder Abwesenheit wurde von den beiden kaum registriert. Ich fand es gar nicht unangenehm, so konnte ich ungestört lesen, zumindest versuchte ich es, meinen Leseplatz in der Toilette musste ich wieder aufgeben, sobald sich drei Leute in der Wohnung aufhielten, wurde das Klo ständig frequentiert. Ich saß nun im Wohnzimmer auf meiner überdimensionalen Couch, auf der ich auch schlief, las und wartete, bis ich zum Essen gerufen wurde. Wie ein Kind kam ich dann erst nach der dritten oder vierten Aufforderung, obwohl ich mich natürlich nicht mehr konzentrieren konnte und das Gelesene kaum aufnahm. Es war reines Zeitschinden. Aber wofür? Es war immer Paco, der nach mir rief. Manchmal hörte ich Jenny laut auflachen, mit einem Geräusch, als würde sie absichtlich Luft einsaugen und dann mit einem langen Seufzer wieder ausstoßen, fast ein Stöhnen. Ein Lachen jedenfalls, wie ich es von ihr nicht kannte. Ich mochte es nicht. Aber für mich war es auch nicht gedacht. Paco lachte genau so wie immer, laut dröhnend, als ob man ihn im Nebenhaus auch noch hören müsste.

Einmal in der Woche etwa ging ich mit Jenny zu ihr nach Hause, und wir hatten etwas langweiligen Sex. Sie übernachtete oft bei mir auf dem Sofa, doch wenn sie das tat, konnte ich nicht mit ihr schlafen. Ich lag dann die ganze Nacht wach, schlief erst gegen Morgen ein und wachte mit bleischweren Lidern, mit Rückenschmerzen und tauben Armen auf. So geräumig das Sofa für ein Sofa war, so eng und unbequem (weil leicht abschüssig zur Rückenwand) war es als Schlafstätte für zwei Personen. Jenny schlief trotzdem wie ein Stein, sie lag halb auf mich gewälzt, speichelte und röchelte mir ins Ohr. Sie ähnelte darin Paco oder auch dem Tier, sie konnte überall ihren Schlaf finden, auch wenn die Bedingungen noch so ungünstig waren. Einmal, sie hatte gemeinsam mit Paco fast zwei Flaschen Rotwein getrunken, holte sie mir mit der Hand einen runter, es ging so schnell, dass ich es gar nicht verhindern konnte, und ich presste meinen Mund gegen ihre Wange, um mein Aufjammern zu dämpfen. Dann begann sie an meinem Schwanz zu lecken und saugte so gierig an ihm, dass ich nicht anders konnte, als ein zweites Mal zu kommen, in ihren Mund. Danach befriedigte sie sich selbst mit der Hand und fabrizierte unangemessen laute Geräusche, viel lautere, als ich jemals von ihr gehört hatte. Sie versuchte mich dazu zu bringen, sie zu ficken.

»Nimm mich von hinten«, stöhnte sie mir viel zu laut ins Ohr, »los, nimm mich von hinten, zeig's mir, ich will deinen Schwanz in mir spüren!« Sie schrie beinahe, völlig enthemmt unter dem Alkoholeinfluss, aber ich konnte nicht mehr, selbst wenn ich gewollt hätte, und ich zischte sie an, sie solle mich endlich in Ruhe lassen. Wir hatten seit ungefähr zehn Tagen keinen Sex mehr gehabt, deswegen hatte sie mich so leicht überrumpeln können. Ich glaube, sie spielte noch eine Weile an sich herum, wand sich lasziv hin und her, in der Hoffnung, mich doch noch einmal aufzuregen, war aber nicht mehr ganz so laut. Ich lag schweißgebadet neben sie gezwängt und lauschte. Kamen von drüben auch Geräusche? Sie dachte vermutlich an Paco und dass ein Schwanz wie der andere war, nämlich identisch. Vielleicht hatten sie sich abgesprochen, fiel mir plötzlich ein. Aus demselben Grund, aus dem ich nicht mit ihr schlafen konnte, wollte sie es unbedingt, nämlich weil Paco uns hören konnte, das war mir völlig klar. Dessen (mein!) Bett stand an derselben Wand wie das Sofa, nur auf der anderen Seite. Ob Paco uns in der fraglichen Nacht zugehört hatte, wusste ich nicht, er machte am nächsten Morgen keine Bemerkung, zumindest nicht in meiner Gegenwart. Ich glaube nicht, dass er es sich hätte verkneifen können, wenn er etwas gehört hätte. Paco bot uns immer wieder sein (mein!) Bett an, mit dem Wissen, dass ich es ablehnen würde. Mit seinem Cowboy-Grinsen holte er sich allabendlich die Ablehnung von mir, bis ich gar nicht mehr darauf antwortete, sondern nur noch mit einer schlaffen Handbewegung abwinkte, worauf er zu Jenny blickte, mit den Schultern zuckte und vielsagend die Augenbrauen hob, als wollte er sagen: Siehst du, meine Schuld ist es nicht. Ihr Umgang miteinander war vertraut, zwar nicht so vertraut, als ob sie miteinander geschlafen hätten, aber doch so, dass es mir immer wieder einen Stich versetzte, und im Grunde wartete ich nur darauf, dass ich Jenny endlich beschuldigen konnte, mich mit Paco betrogen zu haben. Sie flirteten nicht im eigentlichen Sinn miteinander, sie machten den Eindruck von langjährigen guten Freunden, vielleicht schon aus Schultagen. Aber vielleicht irrte ich mich, und sie hatten das erste Mal längst hinter sich.

Der Recall kam. Paco war völlig aufgedreht zu mir ins Geschäft gekommen, hatte mich mehrmals umarmt und auf beide Wangen geküsst, so, als ob ich derjenige wäre, dem eine berufliche Riesenchance geboten würde. Zehn Minuten vorher war ich unten beim Tier gewesen. Er hatte dann bei mir, mit dem Geschäftstelefon, mit Mutter telefoniert, die vor Freude geweint hatte. Offenbar betrachtete sie es als höchstes Glück, in einer Fernsehshow aufzutreten. Ich sprach auch kurz mit ihr, wobei sie mir mehrmals versicherte, wie glücklich sie sei, dass mein Bruder und ich nun zusammenwohnten und wir uns offensichtlich wieder gut verstünden. Dass es höchste Zeit gewesen sei und so fort. Mein Argument, dass Paco nur vorübergehend bei mir sei, bis er eine eigene Wohnung gefunden habe, beachtete sie überhaupt nicht. Als ich auflegte, fiel mir ein, dass es überhaupt keine Anzeichen dafür gab, dass Paco eine Wohnung suchte. Keine herumliegenden Anzeigen oder unterschriebene Vorverträge oder schwarzweiß verwischte Kopien von Plänen, keine Rückrufe von Maklern, aber das Ausschlaggebende: keine Informationen von Paco, der nicht die kleinste Kleinigkeit für sich behalten konnte. Hätte er eine Wohnung besichtigt, geschweige denn gefunden, er hätte es längst hinausposaunt. Jenny, die er ebenfalls tagsüber angerufen hatte, brachte am Abend weiße Schachteln von einem indischen Restaurant mit, und wir saßen in der Küche und aßen lauwarme Currys direkt aus den Kartons. Auch ich war voller Hochgefühl, denn diese Show musste bedeuten, dass Paco seltener zu Hause war, auch und vor allem an den Abenden. Jenny würde dann nicht mehr so oft kommen, vermutete ich. Ich würde nicht für sie aufkochen. Vielleicht praktizierte sie ohnehin wieder das Dinner Cancelling. Wir konnten endlich wieder ausgehen. Aber wie früher würde es nicht mehr sein. Wie würde es dann sein? Wir waren schon so lange nicht mehr aus gewesen. Paco würde zwischen uns sitzen, ob körperlich anwesend oder nicht, war eigentlich egal, er war da, so oder so, und würde so schnell freiwillig nicht verschwinden.

Paco durfte noch immer nichts erzählen, und er litt sehr darunter. Aber er nahm es ernst, sie hatten den Kandidaten mit sofortigem Rauswurf gedroht, wenn etwas an die Öffentlichkeit käme, was die Produzenten nicht selbst lancierten. Alle Kandidaten würden ausgewechselt werden, egal, wer plauderte. Das Einzige, was wir wissen durften: Von jedem Kandidaten wurde ein Porträt gedreht. Meine Alarmglocken schrillten.

»Was heißt das«, fragte ich.

»Was das heißt? Sie stellen die Kandidaten vor, wie und wo sie leben, was sie so machen, beruflich und in ihrer Freizeit, fragen ihre Freunde, ihre Verwandten. Ein normales Porträt eben. Keine große Sache.«

»Mich hältst du aber raus!«

»Bist du verrückt? Du bist mein Joker. Keiner von den anderen Kandidaten hat einen siamesischen Zwillingsbruder, das ist ein gefundenes Fressen! Damit habe ich einen immensen Startvorteil.«

»Wenn du glaubst, dass ich mich für dich vor die Kamera stelle, bist du schief gewickelt. Und in meine Wohnung setzen die keinen Fuß!«

»Reg dich ab. Wenn du nicht mitspielen willst, es geht auch ohne dich. Ich habe jede Menge Fotos, und Mama wird sicher mit Freuden eine oder zwei rührende Anekdoten erzählen.«

»Das ist doch nicht dein Ernst!«

»Warum nicht? Das ist Fernsehen, Mann, sie kann endlich ihr Schicksal vor einem Millionenpublikum ausbreiten. Wer möchte das nicht? Wo lebst du eigentlich?«

Er sprang auf und lief zum Fernseher, den er einschaltete. Er zappte durch die Kanäle, auf jedem dritten oder vierten erzählten Leute irgendetwas, von ihren Träumen, Wünschen oder ihrem Versagen, von der Katastrophe, die über sie hereingebrochen war, oder von dem unerwarteten Glück, sie weinten oder lachten, in ihrem Wohnzimmer oder im Garten sitzend oder im Großstadtdschungel stehend, im Kaffeehaus, im Fitnessstudio, im Schwimmbad, an ihrem Arbeitsplatz, am Krankenbett und an den Gräbern ihrer Liebsten. Sie waren überall und gaben alles ungefiltert der Kamera preis.

»Das ist das Leben, das ist es, worum sich alles dreht. Andy Warhol, fünfzehn Minuten Berühmtheit für jeden. Das ist wahre Demokratie. Nicht wahr, Jenny? Du willst doch sicher auch etwas Nettes über mich sagen?«

»So habe ich mir das noch gar nicht überlegt«, murmelte Jenny.

Aber ich erkannte an ihren aufflackernden Augen, dass sie sich schon vor der Kamera drehte, und vermutlich ging sie in Gedanken gerade ihren Kleiderschrank durch.

»Wenn es dir irgendwie hilft …«

»Klar hilft es mir!«, rief Paco. »Ich glaube, du bist sehr telegen. Und du kommst sicher supersympathisch rüber. Das ist noch viel wichtiger.«

»Und als was oder wer soll sie über dich aussagen? Sie ist immerhin meine Freundin!«

»Als gute Freundin, als Schwägerin quasi, wird ja alles nicht so eng gesehen heutzutage. Außerdem, gegen ein bisschen Frivolität ist nichts einzuwenden. Das gibt dem Ganzen erst den richtigen Kick.« Er blinzelte Jenny an.

Ich war mir jetzt sicher, dass sie miteinander schliefen. Seit längerem. Ich Idiot hatte den Zeitpunkt verpasst. Sollte ich sie zur Rede stellen? Je öfter sie miteinander geschlafen hatten, desto stärker würde ihr Zusammengehörigkeitsgefühl sein und desto schwächer ihr Unrechtsbewusstsein. Ich war ein Narr gewesen, die Dinge so schleifen zu lassen. Und zu glauben, dass es nicht geschehen würde. Zu glauben, dass Paco es nicht genau darauf anlegen würde. Er hatte sich meine Wohnung angeeignet und natürlich auch meine Freundin. Deswegen war er ja hier. In meiner blinden Wut hatte ich nicht mehr nachgedacht. Vor lauter Bäumen hatte ich den Wald nicht mehr gesehen. Das Tier hatte er noch nicht gefunden, das war nur eine Frage der Zeit. Und ich Narr trug Tag für Tag Pacos Delikatessen in den Keller, machte das Tier abhängig von seinem guten Essen. Ließ ihn durch die Hintertür hinein. Ich beobachtete die beiden. Paco hatte den Ton vom Fernseher abgedreht und begann Jenny Tipps zu geben, wie sie sich vor der Kamera verhalten solle. Mich hatten sie schon wieder vollständig ausgeblendet. Fade out. Sie müsse auf ihre Hände achten, das sei das Schwierigste, die Hände nicht einfach runterhängen lassen, aber auch nicht ineinander verschränken oder hinter dem Rücken verstecken, das wirke nervös und unsicher, sie dürfe nirgends an sich herumzupfen, nicht an der Kleidung, nicht im Gesicht oder an den Haaren. Da müsse man sich vorher etwas überlegen, er werde mit ihr trainieren. Vielleicht könne sie irgendwo im Grünen sitzen, auf einem umgeworfenen Baumstamm, da könne sie sich festhalten. Oder in einem Skooter im Vergnügungspark. Etwas Auflockerndes. In einer Gondel des Blumenrades. Oder ganz entspannt im Kaffeehaus, bei einem Espresso. Eventuell am Wochenmarkt, obwohl das schon ein wenig abgedroschen sei, aber ein Markt bringe immer gute Bilder, damit sei man auf der sicheren Seite. Schön wäre auch vor einem Aquarium, aber da stelle sich wieder die Frage nach den Händen. Ganz schwer vor einem Aquarium. Außer sie würde einen lebenden glitschigen Fisch in der Hand halten, aber da fehle dann irgendwie der Zusammenhang, mit ihr, mit ihm. Ginge auch gar nicht wegen des Tierschutzes. Man könne nur einen Plastikfisch verwenden, oder einen toten. Oder einen chinesischen aus Papier zum Aufblasen. Nein, kein Dadaismus. Bisschen Humor ja, Monty Python nein. Man dürfe die Zuseher nicht überfordern. Eine Spur Authentizität müsse drin sein, sonst wirke es verlogen.

Ich beschloss, mein Wissen geheim zu halten, auf eine

günstige Gelegenheit zu warten, bei der ich ihnen die Wahrheit ins Gesicht schmettern wollte.

Nach zwei ausgetrunkenen Flaschen Sekt, wovon ich nur ein Glas getrunken hatte, weil ich dann auf Bier umgestiegen war, ging Jenny nach Hause. Sie fragte nicht, ob ich mitkommen wolle, sagte auch nicht, dass sie nicht wolle, dass ich mitkäme, sie ging einfach und verabschiedete sich von uns beiden mit jeweils zwei Wangenküssen links und rechts. So harmlos und unsexy, als ob sie unsere Schwester wäre. Dabei hatte ich den Eindruck, sie hätte lieber ihn als mich auf den Mund geküsst, und weil sie das in meiner Gegenwart (noch?) nicht konnte, bestrafte sie mich mit den geschwisterlichen Wangenküssen. Paco war das nicht entgangen. Er unterdrückte sein zufriedenes Grinsen und schaute zum Fernseher, als ob ihn plötzlich irgendetwas brennend interessierte. Er schaltete den Ton wieder ein und setzte sich auf den Boden, ganz nah vor den Bildschirm, wie ein Kind, gebannt von den unglaublichen Geschehnissen in der Welt, die in der Dunkelheit des Zimmers über sein Gesicht laufen und in sein Gehirn dringen. Er hatte sich von einer Sekunde in die andere in den Sog begeben, obwohl er Schauspieler war und wusste, wie die Dinge liefen. Wie sie entstanden. Dass sie alles andere als mysteriös waren. Aber sie waren noch immer ein Tor zur Welt, – selbst nach hundert Jahren Fernsehgeschichte –, wenn auch zu einer ganz falschen und scheußlichen. Ich überlegte, ob ich Jenny nachlaufen sollte, vielleicht konnte ich sie noch einholen. Aber ich fühlte so eine Schwäche in den Beinen und so eine Unlust auf diese dramatische Inszenierung, deren sie gar nicht würdig war und die ihr nur noch mehr Aufwind für ihre Frechheit geben würde, dass ich mich auf das Sofa setzte und mich ebenfalls dem Sog hingab. Das Fernsehgerät war vom Vormieter, ich hätte mir nie eines gekauft, weil ich Fernsehen eigentlich hasste. Daran war Paco schuld, jeden Moment konnte er in irgendeiner Maskerade auftauchen. Ich wartete geradezu darauf, dass sein Gesicht am Bildschirm erschien.

»Du könntest ihr nachgehen«, sagte Paco.

»Keine Lust«, antwortete ich. Im selben Moment hätte ich mir die Zunge abbeißen können. Was ging es ihn an, ob ich Lust hatte, Jenny nachzulaufen oder nicht. Jetzt war es ohnehin zu spät, ich würde sie nicht mehr einholen, würde mich zum Narren machen, völlig außer Atem vor ihrer Haustür stehen, und vielleicht ließ sie mich nicht einmal hinein, das war ihr zuzutrauen. Und Ing. Stechauer käme wieder in den Genuss eines kleinen Hörspiels, an dem er sich interaktiv beteiligen konnte.

Am Tag, als das Kamerateam in die Wohnung kommen sollte, ging ich früher ins Geschäft und bat das erste Mal Paco um einen Gefallen, nämlich, dass er mich anrufen solle, sobald das Team die Wohnung verlassen habe. Sollten sie sich dort breit machen, mich würden sie nicht zu Gesicht bekommen. Ich verbrachte den ganzen Vormittag beim Tier im Keller, es war launisch geworden und wählerisch beim Essen. Brachte ich etwas mit, was ihm nicht schmeckte, warf es mir die Sachen ins Gesicht, früher hatte es alles gegessen. Die bunte Tagesdecke hatte es in eine Ecke geknüllt und verwendete sie höchstens noch als Sitzunterlage. Es gab mir in Zeichensprache zu verstehen, dass es eine Angorastrickjacke wolle, eine, die bis zur Mitte der Oberschenkel reiche, grau, mit Zopfmuster und großer Kapuze, so eine hatte es in einem der Magazine gesehen, die ich ihm gelegentlich mitbrachte. Es zeigte mir die Seite mit dem Model, das sich ausschließlich mit eben dieser Jacke bekleidet auf dem Holztisch einer pittoresken Schlossküche räkelte, inmitten von kupfernen Pfannen und Töpfen und einem Haufen von übereinandergeworfenen schlaffen Fasanen. Tot oder betäubt? Wurden für eine Modestrecke in einem Frauenmagazin Fasane geopfert? Nur ein Knopf der Jacke war geschlossen, so dass man beinahe die (steifen?) Brustwarzen des Models erkennen konnte, aber eben nur beinahe. Die Beine waren übereinandergeschlagen, trotzdem sah man, dass das Model keinen Slip trug. Als ich nicht reagierte und nur fasziniert das Bild anstarrte, das mich peinlicherweise erregte, rüttelte das Tier an meiner Schulter und zwang mich, es anzusehen. Es sei schließlich kein altes Pferd, dem man einfach eine Decke überwerfen könne, deutete es. Zumindest glaubte ich es so zu verstehen mit meinen rudimentären Kenntnissen der Gebärdensprache. Ich versprach, ihm noch am selben Tag so eine Jacke zu besorgen. Ich konnte es mir gut vorstellen in dieser Jacke. Ich begriff nun, dass diese Magazine ebenso für Männer gemacht wurden, vor allem diese Bilder wurden hauptsächlich für Männer gemacht, damit sie das teure Zeug, das ihre Frauen tragen wollten, bezahlten. Und sie waren eine Vorstufe der Playboy- und Penthousebilder. Vermutlich waren es dieselben Shootings, vorher und ein wenig später. Im Hintergrund warteten schon junge, enthaarte und eingeölte Muskelmänner für die Hardcoremagazine, vollgepumpt mit Koffein und Viagra.

Die Gebärdensprache hatte das Tier früher nur spärlich eingesetzt, meist hatte es sich mit lethargischem Kopfschütteln begnügt, jetzt überwältigte es mich mit einem Schwall von Vorwürfen und Forderungen, kaum war ich im Keller, und seine Hände beruhigten sich nicht eher, bis ich wieder nach oben ging.

Ich musste immerzu an das Kamerateam denken und an Paco, was sie in meiner Wohnung anstellen würden, was Paco über mich, über uns, sagen würde, und einmal ärgerte ich mich, dass ich nicht dabei war, weil ich keine Kontrolle darüber hatte, dann wieder war ich heilfroh, denn diese Leute können einem alles aus der Nase ziehen, und etwas einmal Gesagtes kann nie wieder zurückgenommen werden. Und natürlich verwenden sie mit sicherem Instinkt genau das, was einem am allerpeinlichsten ist, was einem, bereits während man es ausspricht, die Schamesröte ins Gesicht treibt, und hinterher kann man es kaum fassen, dass man so etwas gesagt haben soll. Besser, man hält sich diese Leute vom Leib. So schwankte ich hin und her, und der Stundenzeiger an der großen Uhr, die im Verkaufsraum hing, schien festgeklebt zu sein.

Um mir die Zeit schneller zu vertreiben, ging ich in ein Einkaufszentrum, die gewünschte Weste für das Tier suchen. Ich fand sogar mehrere zur Auswahl, staunte über die Preise, kaufte dennoch die schönste und teuerste, beste Qualität, wie ich hoffte. Das Tier sollte nicht glauben, ich ließe mich lumpen. Es klatschte in die Hände und probierte die Weste gleich an, leider über dem T-Shirt und auch seine Jeans behielt es an. Es zog die Kapuze über seine zerzauste Haarmähne und drehte sich vor mir hin und her. Ich applaudierte und nickte anerkennend, als ob das Tier eine große Leistung vollbracht hätte. Dabei unterdrückte ich die Frage, ob es die Weste nicht so tragen wolle wie das Model im Magazin. Von selbst schien es nicht auf die Idee zu kommen. Ich streckte schon den Arm nach der Zeitschrift aus, ließ ihn dann wieder sinken. Ich wollte das Tier nicht drängen. Es sollte nicht das Gefühl haben, sich revanchieren zu müssen. Vielleicht ein anderes Mal. Die Weste stand ihm wirklich gut. Es sah darin wie ein flauschiges Kätzchen aus.

Am Nachmittag kam ein Anruf von Paco, das Kamerateam hatte gerade den Termin auf nächste Woche verschoben. Stattdessen hatten sie bei Mutter gedreht. Er hatte gerade mit ihr telefoniert und sie sei so begeistert gewesen von dem netten Redakteur und den netten Aufnahmeleuten, dass sie das Team nach dem Dreh mit Kaffee, Selbstgebranntem und Zwetschkenkuchen bewirtet hatte. Sie wollten auch Vater vor die Kamera stellen, doch er hatte sich geweigert, leider. Er hätte sicher einiges zurechtrücken können. Mir graute davor, was Mutter alles ausgeplaudert haben könnte. All die Tränen, die während der schwierigen Phase der physischen Trennung geflossen waren, waren garantiert noch einmal geflossen, die leidige Episode mit Pauli war vermutlich psychologisch ausführlichst erörtert worden und meine, den anderen unverständliche Kälte Paco gegenüber aufgezeigt. Ich hoffte, dass Vaters Gegenwart sie zumindest ein bisschen einbremsen hatte können.

Aber das Ärgerlichste war: Ich musste mich von neuem auf den Drehtermin vorbereiten, wieder den ganzen Tag Nervosität und Ärger, der sich bei mir schnell auf den Magen schlug. Ich konnte den ganzen Tag nichts essen, konnte keinen klaren Gedanken fassen. Im Geschäft war wenig zu tun, ein paar leicht zufriedenzustellende Kunden hin und wieder, keine Arbeit lenkte mich ab. Wie lange das noch gehen würde, war eine andere Frage, die in meinem Hinterkopf nagte, mit jedem Tag ein bisschen stärker. Ich musste etwas gegen den Kundenschwund unternehmen oder das Geschäft aufgeben. Aber wenn ich das Geschäft aufgab, wohin mit dem Tier? Einen neuen Keller suchen und adaptieren, die Übersiedlung des Tieres, das kostete wieder Geld, war riskant, barg das Risiko einer Entdeckung. Und wenn mehr Kunden kamen, konnte ich seltener zum Tier hinuntergehen, das alles war zu bedenken. Ihm war ohnehin schon sterbenslangweilig zumute, immer nur die Magazine, das war eigentlich zu wenig. Bücher las es keine, ich hatte ihm einmal einen ganzen Korb runtergestellt, mit einem Sammelsurium von billigen Klassikerausgaben, zeitgenössischer Literatur, diversen Krimis und Liebesschnulzen, aber es hatte die Bücher nur durcheinandergeworfen und nach Bildern durchsucht. Lesen konnte es, das wusste ich, es wollte nur nicht. Vielleicht sollte ich ihm ein Fernsehgerät runterstellen. Ja, das war es. Warum war ich nicht schon früher daraufgekommen. Bewegte Bilder, natürlich, genau das Richtige. Ich hatte so eine Abneigung gegen das Fernsehen, dass ich gar nicht auf die Idee gekommen war. Aber was konnte das Tier dafür? Also, einen Fernseher für das Tier, dann war ein etwaiger Kundenzustrom kein Problem. Hören würde man den Fernseher oben nicht, hoffte ich. Ansonsten musste das Tier Kopfhörer verwenden. Das gefiel ihm sicher. Den Fernseher vom Vormieter am besten, dann war ich dieses Ding auch los und für Paco gab es eine Attraktion weniger in meiner Wohnung. Paco würde ich sagen, er sei kaputt gegangen, eine Reparatur zahle sich nicht aus.

Als ich am Abend nach Hause kam, werkelten Jenny und Paco bereits in der Küche. Es roch nach gebratenen Paprika, etwas widerlich, wie Scheiße. Paco trocknete ein ganzes Blech voller in Hälften geschnittener Paprika im Rohr. Auf der Theke stand ein Teller mit Melanzani, mit Öl und Knoblauch und Petersilie zubereitet.

»Wir hatten Lust auf Antipasti«, grinste er.

»Wieso geht ihr eigentlich nicht einmal zu dir? Deine Küche ist viel größer«, fragte ich Jenny gereizt.

Sie sah mich durchdringend an.

»Ja, warum nicht, ist vielleicht keine schlechte Idee. Da hätten wir mehr Platz.«

»Der beste Koch kann in der kleinsten Küche kochen! Ich möchte dir nicht deine Küche vollsauen, Jenny.«

Aha, meine anscheinend schon. Außerdem stimmte es nicht, er brachte die Küche immer in ihren ursprünglichen Zustand. Aber vielleicht hatte er bei Jenny keine Zeit dafür, weil sie anderes zu tun hatten. Ob er schon in ihrer Wohnung gewesen war? Ich kam nicht dahinter. In einer Sekunde war ich mir hundertprozentig sicher, dass er dort ein und aus ging, in der nächsten konnte ich es mir überhaupt nicht vorstellen, ein so harmloses Gesicht machte er. Er ist Schauspieler, sagte ich mir, er kann jederzeit jedes beliebige Gesicht schneiden. Das war das Einzige, was er gelernt hatte. Nur die Unverschämtheit war ihm angeboren. Aber Jenny war keine Schauspielerin, ihre Miene verriet ebenfalls nichts. Vielleicht trafen sie sich auch woanders, in einem Hotel, einem Stundenhotel.

»Was geht nur in deinem Kopf vor«, sagte Jenny zu mir. »Du siehst aus, als ob ein Gewitter über dein Gesicht laufen würde. Hast du keinen guten Tag im Geschäft gehabt?«

»Nein«, antwortete ich. »Ich muss mir irgendetwas einfallen lassen, die letzten zwei Tage war kein einziger Kunde im Laden.«

»Ich habe ja immer gesagt, dass du was machen musst. Modernisieren oder ganz was anderes. Du hast ja nicht einmal eine Homepage. Keinen Internet-Verkauf. Das kann sich doch kein Unternehmen mehr leisten heutzutage.«

»Modernisieren, das sagt sich so einfach. Das ist nicht der Weisheit letzter Schluss.« Wobei das mit der Homepage natürlich stimmte. In diesen Dingen bin ich sträflich nachlässig.

»Dein Weiterwursteln aber auch nicht! Du kannst doch Malkurse veranstalten. Aktzeichnen, Bilderrahmkurse, wie man verschiedene Farben anrührt oder so etwas. Es gibt jede Menge Hobbykünstler oder solche, die es werden wollen. Die Leute wollen sich ausdrücken in ihrer Freizeit. Und sie wollen möglichst rasch Ergebnisse sehen.«

»Ja, Aktzeichnen wäre toll, da komme ich dann auch!«, rief Paco. »Jenny, du könntest Modell stehen. Wir müssen Paul ein wenig unter die Arme greifen.«

Jenny war rot geworden. Konnte es sein, dass sie doch noch nicht miteinander geschlafen hatten und die Aussicht, nackt vor Paco zu stehen, sie mit Scham erfüllte? Mit erwartungsvoller Scham? Würde sie sich tatsächlich nackt vor ihn hinstellen, in aller Öffentlichkeit? Und Posen einnehmen, die er ihr zurief? Oder besagte dieses Rotwerden genau das Gegenteil?

Die Idee mit den Kursen war gar nicht schlecht. Farben und Papier konnten die Leute im Geschäft kaufen, eine gute Beratung musste man bieten, ihre Arbeit musste man bewundern, man musste sie anstacheln zum Weitermachen, und sie würden immer wieder kommen. Vielleicht sogar ihre Werke ausstellen, wenn es halbwegs vertretbar war. Ein, zwei Talentierte sind immer darunter. Mit der Ruhe wäre es allerdings aus. Nur konnte ich mir die Ruhe bald nicht mehr leisten, leider. Das heißt, mit der Ruhe wäre es ohnehin früher oder später zu Ende.

Der Gestank der trocknenden Paprika war inzwischen beinahe unerträglich geworden, Paco öffnete die Fenster.

»Tut mir leid, Mann. Ich wusste nicht, dass die so exquisit nach Scheiße riechen würden. Im Rezept stand davon nichts.«

»Das weiß doch jedes Kind«, sagte Jenny frech. Die Röte war aus ihrem Gesicht verschwunden.

Paco schnitt Baguette auf und richtete für jeden ein paar Melanzanistücke auf einem Teller an. Sie schmeckten zart ölig und schmelzend im Mund, mit kräftigem Knoblauch- und Petersilienaroma. Jenny schloss bei jedem Bissen die Augen und machte *Mhmmmm*. Jedes Mal hätte ich ihr am liebsten eine Ohrfeige verpasst.

Das Tier war ganz aufgeregt. Es betrachtete den Fernseher von allen Seiten. Die Leitung hatte ich bereits verlegt, im Geschäft hatte ich zum Glück einen Telekabelanschluss entdeckt. Ich musste die Leitung besser tarnen, aber das hatte Zeit, solange sich oben noch keine Kursteilnehmer aufhielten. Ich schaltete ein, das Gerät funktionierte. Ich gab dem Tier die Kopfhörer und schärfte ihm ein, dass es sie immer aufsetzen müsse, wenn es fernsehen wolle. Ich erklärte ihm die Fernsteuerung, dann überließ ich sie ihm. Das Tier würdigte mich keines Blickes mehr, es war bereits vollständig absorbiert von der Wundermaschine und gab sich ihr mit wohligem Gesichtsausdruck hin. Ich ging nach oben. Ich schaltete den Computer ein und versuchte ein paar Texte zu den Kursen zu entwerfen, die ich anbieten wollte. Sollte ich die Kurse selbst veranstalten? Musste ich wohl, wie sollte ich mir einen Kursleiter leisten? Ein paar Grundbegriffe konnte ich ihnen schon beibringen, zeichnen mussten sie dann ohnehin selbst. Leinwände spannen und einrahmen war auch kein Problem, das konnte ich im Schlaf. Womit beginnen? Vielleicht *Zeichnen leicht gemacht mit Kohle und Rötel.* Klang nicht sehr aufregend. *Aktzeichnen mit Kohle und Rötel.* Das klang schon besser. Aber auch nicht umwerfend. *Aktzeichnen mit Jenny.* Das war es. Dazu eine schnell hingeworfene Skizze von Jenny, nackt, nur mit ein paar Strichen. Das würde ich schon hinkriegen. Das Ganze als riesiges Plakat. Aber sie hatte noch gar nicht gesagt, ob sie nun Modell stehen wolle oder nicht. Wollte ich das überhaupt? Die Vorstellung, dass sich hier Jenny nackt vor Leuten räkelte und unten das Tier vor dem Fernseher lag, war mir nicht geheuer. Überhaupt schien es mir bei näherem Nachdenken viel zu riskant, hier so viele Leute hereinzulassen. Der Keller war zwar halbwegs abgedichtet, man konnte weder Tier noch Fernseher hören, aber das Tier hatte es noch nie darauf angelegt. Was, wenn es irgendwie bemerkte, dass sich oben so viele Leute aufhielten, und auf sich aufmerksam machen wollte? Ich wusste nicht, ob es im Keller die Schritte von so vielen Menschen hören konnte. Vielleicht vernahm es ein dumpfes Dröhnen. Ich wusste nicht einmal, ob es meine Schritte hören konnte. Ich wusste auch nicht, wie ich das herausfinden sollte. Das Tier konnte auf einmal durchdrehen. Es konnte den Fernseher kaputtschlagen, und das würde man eventuell hören, besonders während einer Zeichenstunde, wo alle konzentriert und ruhig vor sich hinarbeiteten. Das war doch Wahnsinn. Seit Paco aufgetaucht war, gab es überall nichts als Probleme! Schlaftabletten! Ich konnte dem Tier Schlaftabletten geben, solange sich oben Leute aufhielten. Ja, das war eine Idee. Das schadete ihm bestimmt nicht, vielleicht war es sogar gut, dann konnte es die ganze Nacht durchschlafen. Die Schlaftabletten konnte ich mir von meinem Hausarzt verschreiben lassen. Vielleicht sollte ich auch welche nehmen. Falls er sich weigerte, es gab auch rezeptfreie Beruhigungspillen und Schlaftees mit Hopfen und Baldrian. Irgendwie würde ich das schon hinkriegen. Früher hatte ich das Tier hin und wieder betrunken gemacht, mit drei, vier Dosen Bier, aber es litt dann unter so entsetzlichen Katerfolgen, als ob es eine Flasche Schnaps getrunken hätte, dass ich davon Abstand nahm. Das war keine Erleichterung gewesen. Für mich nicht und für das Tier auch nicht. Eingesperrt zu sein mit einem Kater verschärfte die Situation noch. Das wollte ich ihm nicht antun, es gab keinen Grund, es unnötigerweise zu quälen. Es gab eine Zeit, am Anfang, da wollte ich es zurückbringen, genau an die Stelle, an der ich es eingefangen hatte. Da dachte ich, jetzt wäre der richtige Moment gekommen, das Ganze zu beenden. Ich verschob es aber immer wieder, ich dachte, wenn ich ohnehin vorhabe, es freizulassen, kann dies auch am nächsten Tag oder nächste Woche geschehen, aber irgendwann drehte es sich um und auf einmal schien es mir mit jedem Tag unmöglicher, das Tier freizulassen, weil ich es doch schon so lange gefangen hielt, mit jedem Tag wurde die Situation schwieriger.

Ich nahm meinen Zeichenblock aus der Schublade und versuchte Jennys Körper zu zeichnen, mit wenigen Strichen warf ich ein paar Kurven und angedeutete lange Haare auf das Papier, Rückenansicht. Es sah ganz gut aus. Dann, auf dasselbe Blatt, eine Ansicht im Profil und eine frontal, auch das gelang mir beim ersten Mal. Ob Jenny sich darauf erkennen würde, war eine andere Frage, aber darum ging es zum Glück nicht. Ich scannte die Skizzen ein und stellte den Text und die Infos, Adresse und Telefonnummer, dazu. Ziemlich lange – viel länger, als ich für das Zeichnen gebraucht hatte – probierte ich mit Schrift und Schriftgröße herum, bis alles endlich passte und nach etwas aussah. Ich speicherte die Datei auf einen Stick und steckte ihn in die Hosentasche. Ich musste nur noch zum Copyshop damit, ich würde orangefarbene Plakate machen lassen. Im Umkreis von zwei oder drei Kilometern würde ich sie aufhängen. Plakate hatte ich seit meiner Studentenzeit nicht mehr aufgehängt. Da waren wir immer zu zweit oder dritt gewesen. Am Ende landeten wir in einer Kaschemme, und die letzten paar Plakate verschwanden stillschweigend unter dem Tisch, wo sie als Fußabtreter dienten und am nächsten Tag von einer (vermutlich) mürrischen Reinigungskraft entfernt wurden. Jetzt würde ich alleine sein. Was für ein Aufwand wegen ein paar Leuten. Paco als Kursleiter wäre vielleicht ein Magnet. Das würde sich während oder nach der Show bald ändern. Aber Paco konnte überhaupt nicht zeichnen. Er hatte sich nie dafür interessiert. Er konnte so tun, als ob, wozu war er Schauspieler. Ich konnte vorher Skizzen anfertigen, er musste dann nur noch so tun, als ob er gerade daran zeichnete. Es durfte ihm nur keiner über die Schulter schauen. Oder ich konnte mich für ihn ausgeben. Der Gedanke daran widerte mich derart an, dass ich ihn sofort verwarf. Ich war zwar kein Schauspieler, aber Paco konnte ich gut nachmachen, das wusste ich, ich musste ihn gar nicht nachmachen, ich musste nur auf Paco *umschalten*, umschalten auf *Pacomodus*, ich trug ihn seit meiner Geburt, seit meiner Zeugung, in mir, und er wartete nur darauf, endlich raus zu dürfen. Aber den Gefallen tat ich ihm nicht.

Ich betrat den nächstbesten Copyshop und gab die Plakate in Auftrag. Sie würden erst in einer Woche fertig sein, die Aufträge stapelten sich, behauptete der blasse, pickelige Angestellte, obwohl sich kein Mensch außer mir und ihm im Shop aufhielt. Auch war nichts zu sehen, was sich gestapelt hätte, weder Papier noch Schachteln oder gebundene Druckerzeugnisse, keine Plakate oder mit schrecklichen Fotos bedruckte T-Shirts. Nichts. Selbst auf dem Boden lag kein Schnipsel. Der Copyshop sah aus, als hätte man ihn bereits aufgelöst und nur die schweren Geräte, die Kopiermaschinen, die vielleicht defekt waren, zurückgelassen. Leider fiel mir das erst jetzt auf, andererseits hatte ich es ohnehin nicht eilig mit den Plakaten. So blieb mir noch etwas Galgenfrist, bevor ich richtig aktiv werden musste. Trotzdem wäre ich lieber in einen anderen Shop gegangen, aber ich hatte dem Angestellten bereits meinen Stick gegeben. Er speicherte lustlos meine Daten und gab mir den Stick zurück. Dann ging ich wieder in mein Geschäft und sah nach dem Tier. Es lag bäuchlings auf der bunten Decke vor dem Fernseher, die Kopfhörer hatte es aufgesetzt. Es trug die neue Jacke. Das Tier bemerkte mich nicht oder es tat so, als bemerkte es mich nicht, und ich legte ihm eine Auswahl von Pacos Antipasti, ein halbes Kilogramm Weintrauben und ein frisches Baguette aus der französischen Bäckerei auf den Tisch und ging wieder nach oben, ohne ein Wort.

Im Stiegenhaus vor meiner Wohnung fielen mir als Erstes die offene Eingangstür auf und das Stimmengewirr, das bis auf den Gang herausquoll, und hätte ich nur schneller geschaltet, hätte ich sofort umdrehen und später wiederkommen können. Es war natürlich das Filmteam, aber bis ich das endlich realisierte, war es zu spät. Irgendein Assistent hatte mich bereits ins Vorzimmer hereingezogen und starrte mir unhöflich ins Gesicht, wobei er Laute des Unglaubens und Staunens ausstieß. Paco stand im Wohnzimmer vor dem Sofa, auf dem meine Bettwäsche zusammengeknüllt lag, und wurde ausgeleuchtet. Kabel und schwarze Taschen lagen überall herum, Aufladegeräte und Kopfhörer stapelten sich auf dem Wohnzimmertisch. Die Wohnung war voller schlampig gekleideter Menschen, die nach Rauch und Alkoholausdünstungen rochen und sich gegenseitig auf die Füße traten. Paco rief: »Da ist er ja!«, als er mich sah und deutete mit den Armen, ich solle doch reinkommen. Sein Gesicht sah erstarrt aus, so viel Make-up klebte darauf. »Komm, lass dich ausleuchten, du brauchst gar nichts zu sagen, nur eine kurze Aufnahme mit mir zusammen, damit die Leute sehen, es gibt dich wirklich! Das wird phantastisch.«

Am nächsten Tag konnte ich mich nicht mehr daran erinnern, was ich gesagt hatte, irgendetwas hatte ich mir doch aus der Nase ziehen lassen. Ich konnte mich nur daran erinnern, dass ich noch rasch die Bettwäsche ins Schlafzimmer geworfen hatte, einfach auf den Boden, und schnell die Tür wieder zugemacht, als ob dahinter ein Raubtier lauern würde, ab diesem Zeitpunkt hatte ich ein Blackout. Paco meinte, ich sei sehr gut gewesen, aber ich konnte mich beim besten Willen nicht mehr erinnern.

Über den Inhalt der Show hatte ich immer noch nichts erfahren. Paco schwieg eisern, auch Jenny erfuhr nicht mehr, sie hätte es mir mit Sicherheit weitererzählt. Sie hatte sich immerhin dazu bereit erklärt, sich für den Zeichenkurs als Aktmodell zur Verfügung zu stellen, was mich dann doch überraschte. War sie eine heimliche Exhibitionistin? Aber die erste Stunde hatte noch nicht stattgefunden, ich musste abwarten, ob sie es durchhielt. Man stellt es sich vielleicht harmlos vor, oder auch prickelnd, aber wenn man dann tatsächlich nackt vor irgendwelchen Leuten stehen soll, sieht die Sache anders aus. Ich hatte mich einmal als 25jähriger für eine Kunstaktion gemeldet, wo hundert Leute sich in einem Raum nackt aufhalten und dabei gefilmt werden sollten, ich dachte, das sei leicht verdientes Geld, eine halbe Stunde nackt für fünfhundert Euro, das müsste doch ganz einfach sein. Als ich dann im Vorraum des Studios stand, wo man sich ausziehen sollte, und wo es bereits vor feuchter Hitze dampfte und nach Schweiß und nasser naturbelassener Wolle (also nach Schaf) roch, beschloss ich sofort, die Flucht zu ergreifen, bevor ich womöglich einem Bekannten oder einer Exfreundin begegnete. Ich knöpfte nicht einmal meinen Mantel auf, sondern zog Hals und Kinn noch weiter in meinen aufgestellten Kragen hinein, wie eine Schildkröte, die sich in ihren Panzer verkroch. Meine Narbe klebte plötzlich siedend heiß am Körper. Sie sandte kleine Stiche aus und zog sich wie eine Naht in einem zu heiß gewaschenen Kleidungsstück zusammen, sodass der Stoff Falten warf und die Nahtstellen in Gefahr waren zu reißen. Dasselbe schien nun meiner Haut rund um die Narbe zu drohen. Ich spürte die Narbe sehr selten, nur bei extremen Wetterumschwüngen. So ein Wetterumschwung hatte nun in mir selbst stattgefunden. Männer, Frauen, mittel- bis spätsemestrige Studierende vor allem, gaben sich die Klinke in die Hand. Mir war ganz übel vor Pein. Einige junge Leute, natürlich die gutaussehenden, waren schon vollständig ausgezogen und unterhielten sich ungezwungen miteinander, die meisten aber standen noch angekleidet herum und warfen nervöse Blicke um sich, wobei sie sich an ihren Schals und Mützen festhielten, es war Dezember und draußen schneite es. Ich meldete mich mit hochrotem Kopf bei der Assistentin ab. Sie würdigte mich keines Blickes und tilgte mit einem einzigen vehementen und kerzengerade gezogenen schwarzen Balken aus einem mittelstarken Eddingstift meinen Namen aus der Liste, und ich verließ, beschämt über mich selber und gleichzeitig fassungslos, dass ich überhaupt auf die Idee gekommen war, mich einer derartigen Demütigung freiwillig auszusetzen, den gruseligen Schauplatz. Meine

Narbe herzuzeigen und sie noch dazu auf einem Foto dokumentieren zu lassen. Fünfhundert Euro waren dafür nicht genug. Lieber stand ich noch zwei Tage lang im Schneeregen auf der Autobahnbrücke und zählte Autos. Ich war nicht der Einzige, der einen Rückzieher machte, viele meldeten sich gar nicht erst ab, sondern gingen einfach. Ich hatte mir eine Art Befreiung davon erhofft, ich dachte, wenn alle nackt dastehen, wenn alle gleich sind – was sie nicht sind, denn es gibt immer noch denjenigen mit dem längeren Penis oder knackigeren Arsch, den breiteren Schultern, dem Sixpack, und denjenigen mit der aalglatten Hühnerbrust, der verkümmerten Muskulatur und dem fehlenden Hintern –, dann würde die Bürde der Zivilisation von mir abfallen, die ewigen Scham- und Minderwertigkeitsgefühle, das Eingeschnürte, zumindest für kurze Zeit. Aber dazu hätten ebenso die Assistentinnen und die Kameraleute, auch der Künstler selbst nackt sein müssen, um eine unbeschwerte Atmosphäre zu erzeugen. So war es eine reine Affen-im-Käfig-Situation.

Jenny würde auch als Affe im Käfig fungieren. Aber vielleicht gefiel es ihr ja. Vielleicht gehörte sie zu der Sorte Menschen, die sich bei der Kunstaktion als Erste ausgezogen hatten. Ich war erstaunt über mich, dass ich es nicht wusste. Ich kannte sie seit zwei Jahren und schlief mit ihr und wusste nicht, ob sie sich gerne vor fremden Menschen ausziehen würde oder nicht. Vielleicht wusste sie es selber nicht. Vielleicht tat sie es längst, und ich wusste es nicht. Vielleicht ging sie in Swingerclubs. Ich sah sie vor mir in ihren cremefarbenen halterlosen Strümpfen und der cremefarbenen Spitzencorsage von Agent Provocateur, die ich ihr einmal zu Weihnachten gekauft hatte und die so viel gekostet hatte wie eine Woche Urlaub an der Adria, mit Flug und allem Drum und Dran, und die sie ein einziges Mal getragen hatte. Zumindest ich hatte sie nur ein einziges Mal darin zu Gesicht bekommen, am Silvesterabend eine Woche später nämlich, weit nach Mitternacht. Und da war ich schon so betrunken gewesen, dass ich nicht mehr viel davon gehabt hatte. Ich konnte sie nur noch anschauen, wie sie auf dem Barhocker an der Küchentheke saß und ihre bis zum halben Oberschenkel bestrumpften Beine mit den hochhackigen Spangenschuhen an den Füßen ungeduldig gegen die Metallverstrebungen des Hockers schlug. Die Schuhe ließen durch ihre breite Spange ihren ohnehin schon hohen Rist noch gewölbter erscheinen und schluckten mit ihrem ledernen matten Schwarz jeglichen Widerschein. Sie wirkten wie mit Tusche auf ihre Beine gemalt. Sie sogen mich ein mit ihrer abgrundtiefen Schwärze. Wahrscheinlich saß sie in dieser Corsage und mit diesen Schuhen in einem Swingerclub an der Bar, trank ihre schreiend roten (weil kaum mit Wasser verdünnten) Camparis und ließ sich von Fremden ihre schönen Knie streicheln und anschließend vögeln. Ich hätte die Corsage dem Tier geben sollen. Unterhalb die Corsage und darüber die Angoraweste, das wäre das Beste gewesen. Mehr brauchte ich nicht. Was wusste ich schon von Jenny? Und was wusste sie von mir? Ebenfalls nichts. Vom Tier wusste sie nichts, von Paco hatte sie nichts gewusst, bevor er hier aufgetaucht war. Die wichtigsten Dinge in meinem Leben hatte ich ihr verschwiegen. Und ihr war es nicht aufgefallen, sie hatte die Leerstellen, falls für sie welche entstanden waren, mit etwas anderem aufgefüllt. Oder auch nicht. Vielleicht war es ihr egal, oder sie war froh, weil sie dadurch ihre eigenen Leerstellen nicht preisgeben musste. Auch ich hatte mich nicht damit beschäftigt, was sie an den Tagen oder Abenden machte, an denen wir uns nicht sahen. Natürlich hatte ich mir Gedanken gemacht, aber nicht viele. Keine beunruhigenden. Nicht wirklich. Das war vor Paco gewesen. Das klang wie eine neue Zeitrechnung. Vor Paco, nach Paco. Nun sah ich sie beinahe jeden Tag, das war ihm zu verdanken. Aber meine Gedanken waren nun weitaus beunruhigender, da sie jeden Tag in meiner Nähe war. Denn es war Pacos Nähe, die sie suchte. Jedes Kind hätte das bemerkt.

Die Kursteilnehmer, es waren sieben Männer und drei Frauen, sahen erwartungsvoll auf das leere Sofa, eigentlich war es eine Chaiselongue, mit einem indisch anmutenden Überwurf, auf den sich Jenny bald legen sollte, sie war noch im hinteren Zimmer, um sich auszuziehen. Ich hatte den Verkaufsraum mit fünfzehn billigen Stühlen vollgestellt, an denen seitlich ein kleines Schreibpult befestigt war, das man nach vorne schwenken konnte. Für einzelne kleine Tische war der Raum nicht groß genug. Auch so saßen die Leute immer noch etwas gedrängt, aber es schien ihnen nichts auszumachen.

Die Stühle hatte ich im Rahmen einer Auktionsplattform im Internet billig erworben, mit Jennys Hilfe, die bei allen möglichen Plattformen angemeldet war, um permanent ihre Taschen- und Burberrytrenchcoatsammlung zu erweitern. Hin und wieder bot sie selbst etwas zum Verkauf an. Dann beobachtete sie die Auktion, sie kannte bereits die meisten Kürzel der Bietenden, denn diese wurden nie mit dem gesamten Nickname angegeben, um die Anonymität zu wahren. Aber sie wusste genau, dass axxxy nicht nur bei dem traumhaften XXL-Shopper aus cognacfarbenem Rindsleder, den Jenny reingestellt hatte, mitbot, sondern auch bei dem schwarzen Burberrymantel mit der Nova-Check-Paspelierung (Exploded!) mitgemischt hatte und beim Giantcheck-Regenschirm als Meistbietende hervorgegangen war. Diese Artikel hatte Jenny nämlich selbst erwerben wollen und axxxy war ihr schon lange ein Dorn im Auge. Jenny wollte diese Dinge natürlich möglichst günstig ersteigern, das ist ja auch der Reiz daran, aber für axxxy bestand der Hauptreiz offenbar im Überbieten, und axxxy war immer bereit, noch mehr Geld auszugeben als Jenny bzw. jxxxo. Jenny verbrachte eine Menge Zeit mit diesen Dingen, vielleicht sogar mehr, als wenn sie selbst durch die Geschäfte gezogen wäre, was sie natürlich ebenfalls einmal im Monat oder noch öfter tat. Ich glaube nicht, dass sie es mir jedes Mal mitteilte. Ich hatte Glück gehabt, ich war der einzige Interessent für die Stühle gewesen. Und sie waren nur so kurze Zeit drinnen gewesen, dass sie offenbar noch niemand außer mir (und Jenny) entdeckt hatte. Auch das Sofa war ein Schnäppchen gewesen, nur den Überwurf hatte ich neu gekauft, beim selben Möbelhändler, bei dem ich den Schlafsack und die gepunktete Decke für das Tier gekauft hatte. Ich wollte Jenny nicht zumuten, sich nackt auf ein gebrauchtes Sofa zu legen. Andererseits musste ich daran denken, wie sie in irgendeinem Club auf irgendeiner durchgewetzten Spielwiese lag, und dann packte mich wieder die Wut.

Diese Gedanken waren inzwischen zu richtigen Zwangsvorstellungen geworden, obwohl ich für meine Verdächtigungen gar keine Anhaltspunkte hatte. Jetzt sogar weniger als früher, inzwischen verbrachte sie das gesamte Wochenende bei uns. Am Freitagabend kam sie mit einer kleinen orangen Reisetasche und blieb bis Montagmorgen, das hatte es früher nicht gegeben, nicht einmal in unserer Anfangszeit. Als Jenny hereinkam, trug sie einen seidenen Kimono mit schwarzrotem Japandesign, den ich noch nie an ihr gesehen hatte. Sie nickte den Leuten zu wie ein Filmstar, dann öffnete sie den Bindegürtel und ließ den Kimono von den Schultern gleiten. Sie setzte sich anmutig auf das Sofa und schlug die Beine übereinander.

»Welche Position soll ich einnehmen?«, rief sie mir zu.

Ich sagte, sie solle sich einfach der Länge nach seitlich zu uns gedreht positionieren, Wörter wie *hinlegen* und *leg dich hin* vermied ich. Es war mir ziemlich peinlich, aber da schien ich der Einzige zu sein. Ich erklärte den Kursteilnehmern nun, worauf sie achten sollten. Ich sagte, sie sollten keine Scheu vor dem ersten Strich haben, nur Mut, dann ergebe sich alles Weitere von alleine. Sie sollten das Modell genau anschauen, versuchen, sich einen Gesamteindruck zu verschaffen, und sich dann eine Partie aussuchen, mit der sie beginnen wollten. Nicht sofort zeichnen, sondern das Modell sich in Gedanken vorstellen und dann aus der Erinnerung heraus mit flotten Strichen skizzieren. Natürlich sollten sie immer wieder hinsehen, aber mit dem Zwischenschritt der Erinnerung. Auch sollten sie einfach neu beginnen, wenn sie glaubten, nicht mehr weiterzukommen, viele Entwürfe seien wichtig am Anfang. Die Kursteilnehmer betrachteten Jenny ausführlich, dann begannen sie mit Kohlestiften ihre Blöcke vollzukritzeln.

Blutige Anfänger schienen keine dabei zu sein. Ich nahm mir ebenfalls Block und Stift und fertigte eine rasche Skizze von Jenny an. Ich saß vor meinem Verkaufstisch und hatte den Block auf meinen Oberschenkeln liegen. Ich begann mit ihrem Bauchnabel. Ich hatte das Zeichnen völlig aufgegeben, aber es ging mir immer noch leicht von der Hand und erzeugte ein gutes Gefühl. Ich bekam Lust, auch das Tier zu zeichnen. Aber ich konnte jetzt schlecht in den Keller gehen. Das Tier schlief, ich hatte ihm eine halbe Schlaftablette gegeben und vorher eine Kanne Baldriantee gekocht. Den Tee hatte es anstandslos getrunken, die Tablette hatte ich ihm in der ersten Tasse aufgelöst, es hatte nichts bemerkt. Außerdem musste ich den Kursteilnehmern für Fragen zur Verfügung stehen, ich sollte auch hin und wieder eine Runde machen und mir die Zeichnungen anschauen und kommentieren, den Leuten Mut machen. Dafür zahlten sie schließlich. Ich hatte mich gewundert, wie schnell sich Leute auf die Anzeige gemeldet hatten, und dass sie ohne mit der Wimper zu zucken die dreihundert Euro für die Kursteilnahme akzeptierten.

Plötzlich klopfte es an der Tür, ich hatte abgesperrt. Paco drückte seine Nase gegen die Scheibe. Ich öffnete ihm, er hatte einen Block unter dem Arm.

»Du willst doch nicht etwa an dem Kurs teilnehmen?«

»Logisch will ich!«

»Du hast dich nie für Zeichnen oder Malen interessiert.«

»Aber du bist ein Künstler. Da ist sicher bei mir auch etwas zu machen. Wir haben schließlich dieselben Gene.«

»Nicht alles liegt an den Genen.«

Das sagte ich zwar, das war mein Credo mein ganzes Leben lang, ich glaubte es aber selbst nicht mehr.

Er winkte Jenny zu, mit einer flüchtigen Handbewegung, sie rührte keinen Muskel. Ich hatte nicht den Eindruck, dass er sie zum ersten Mal nackt sah. Zu beiläufig hatte er hingesehen, und es war keine gespielte Beiläufigkeit gewesen, so gut kannte ich ihn und so ein guter Schauspieler zu sein, davon träumte er höchstens. Und sie hätte anders reagiert, wenn sie noch nicht miteinander geschlafen hätten. Sie hätte zumindest kurz erschrocken sein müssen. Aber sie hatte sich keinen Zentimeter bewegt. Sie hatte so getan, als hätte sie ihn nicht gesehen, das war typisch für sie.

Paco setzte sich auf einen freien Stuhl und betrachtete die anderen Teilnehmer. Er kritzelte etwas auf den Block, hin und wieder sah er zu Jenny hinüber. Er machte nicht einmal den Versuch, sie abzuzeichnen, sondern begnügte sich mit Spiralen und Strichmännchen. Er war hier, um die Situation zu kontrollieren, damit niemand sie mit seinen Blicken unanständig berührte (ausgezogen war sie ja schon), sie sich einverleibte. Das wäre eigentlich meine Aufgabe gewesen, aber sie war mir entzogen worden. Jenny tangierte das alles nicht. Sie lag wie die Katze auf dem heißen Blechdach, sonnte sich unter den Blicken, die gierig sein mochten, verträumt oder rein künstlerisch interessiert, was ging sie das an. Sie liebte das aufgeheizte Blech, es konnte ihr gar nicht heiß genug sein. Sie war dafür geboren, jetzt erst wurde mir das klar. Paco hatte es vermutlich von Anfang an gewusst. Vielleicht sogar schon bevor er sie das erste Mal gesehen hatte, bereits während ich ihm von ihr erzählt hatte. Vermutlich hatte ich ihm die

Wahrheit erzählt, eine Wahrheit, die mir in nüchternem Zustand unbekannt war.

In den Keller zum Tier konnte ich nun nicht gehen, die Gefahr, dass Paco mir nachging, war zu groß. Obwohl es mich reizte bis aufs Blut, gerade jetzt hinunterzugehen, das schlafende Tier anzusehen, es rasch zu skizzieren und dann zu streicheln, bis es aufwachte. Oder würde es gar nicht aufwachen? Eine halbe Schlaftablette konnte nicht so stark sein, als dass es nicht aufwachen würde, wenn ich es streichelte und sein kleines Fell. Ich könnte so vorsichtig vorgehen, dass es nicht aufwachte. Aber ich hätte keine ruhige Sekunde gehabt. Auch Jenny hätte sich nach unten schleichen können. Oder einer der anderen auf der Suche nach einer Toilette.

Die Kursteilnehmer machten einen erschöpften Eindruck. Sie wischten sich mit dem Handrücken oder einem Papiertaschentuch Schweiß von der Stirn und krempelten ihre Ärmel auf, falls sie lange trugen. Einer dehnte mit beiden Händen (wohl nicht zum ersten Mal) den zu engen Kragen seines T-Shirts aus, der sich kurz darauf wieder zusammenzog und seinen Hals unbarmherzig wie eine Manschette umschloss. Etwas Falsches anzuhaben kann einem den ganzen Tag verderben, erst recht eine Aktzeichenstunde. Es war sehr warm im Raum, ich hatte den kleinen Zusatzofen angeheizt, damit Jenny sich keinen Schnupfen holte.

Die Hälfte der Stunde (die neunzig Minuten betrug) war um, ich ging durch die Stuhlreihen, sah den Leuten über die Schultern und kommentierte ihre Zeichnungen, zu Paco sagte ich nichts, er hatte sich inzwischen zurückgelehnt, auf seinem Papier häuften sich Spiralen und Striche, und beobachtete die anderen; er war der personifizierte Störfaktor. Jenny hatte ihre Position ein bisschen verändert. Vermutlich war ihr der Arm, auf den sie sich gestützt hatte, eingeschlafen.

Ich hatte überlegt, nach einer Stunde eine Pause zu machen, war aber davon abgekommen, die Konzentration würde dadurch unterbrochen, die Leute erwarteten womöglich Erfrischungen, die Pause würde sich in die Länge ziehen, würde den ganzen Kurs in die Länge ziehen. Mich selbst störten Pausen im Theater immer, ich finde es wehleidig, eine Pause zu machen. Die Schauspieler wollen auch keine Pause, niemand, der konzentriert arbeitet, will eine Pause. Jenny wollte sicher auch keine Pause, ich hatte sie zwar nicht gefragt, aber sie hatte nichts Derartiges verlauten lassen.

»Mach nur keine Pause«, zischte mir Paco zu, als ich an ihm vorbeiging. Ich blieb stehen und sagte, er solle sich das Modell einmal genau ansehen, solle es so ansehen, als ob er noch nie einen nackten Menschen gesehen hätte, vielleicht gelinge ihm dann eine Übertragung auf das Papier, er müsse sich nur darauf einlassen, jeder Mensch könne zeichnen, wenn er nur wolle. Er müsse sich eine Stelle aussuchen, mit der er beginnen wolle, über diese Stelle müsse er zuvor nachdenken, diese Stelle würde ihn allerdings richtiggehend anspringen, er würde dann erkennen, dass es gar keine andere Stelle gab, mit der er beginnen konnte. Er müsse dieser Stelle allerdings Gelegenheit geben, ihm aufzufallen. Er sah mich verdutzt an, damit hatte er überhaupt nicht gerechnet, aber er begann tatsächlich Jenny zu betrachten, anders als zuvor, nicht mehr triumphierend selbstgefällig, sondern mit gerunzelter Stirn. Ich ging weiter, die anderen Teilnehmer schienen auch zugehört zu haben, ein lautes Geraschel, und alle begannen auf einem neuen Blatt von vorne.

Ich setzte mich hinter meinen Schreibtisch, wollte den Computer einschalten, empfand es aber als unhöflich, den Leuten das laute Surren meines uralten Rechners zuzumuten, und griff zu einem Buch. Ich las nicht, sondern dachte an das Tier, dass ich keine Möglichkeit hatte, zu ihm runterzugehen. Sobald der Kurs zu Ende sein würde, erwarteten Jenny und Paco, dass ich mit ihnen nach Hause ging, es gab für mich keinen Vorwand, länger im Geschäft zu bleiben als die beiden. Außer sie würden alleine gehen wollen, ohne mich. Das wollten sie bestimmt gerne, aber das wagten sie nicht, dachte ich. Ich könnte sie testen. Ich würde sagen, ich müsse noch zusammenräumen, ein bisschen Buchhaltung machen, sie sollten ruhig schon vorausgehen, wir träfen uns dann zu Hause. Wenn sie gleich darauf einstiegen, bedeutete das, dass sie miteinander ins Bett gingen, wenn sie darauf bestanden, mir zu helfen und mit mir gemeinsam zu gehen, hieß das, dass sie es noch nicht getan hatten, und dass sie keinesfalls den Eindruck erwecken wollten, es getan zu haben. Beides könnte ebenso gut umgekehrt funktionieren, aus schlechtem Gewissen würden sie sich nicht trauen, alleine zu gehen, oder sie würden gehen, um die einmalig günstige, von mir quasi sanktionierte, Gelegenheit zu nützen. Dann wäre es irgendwie auch meine Verantwortung, meine Schuld, wenn etwas *passierte*. Es war hoffnungslos, ich würde es nie erfahren, außer ich ertappte sie dabei oder sie sagten es mir selbst.

Wir gingen zu dritt nach Hause, ich weiß nicht, was es bedeutete, das eine wie das andere. Wo lag eigentlich der Unterschied? Hatten sie es noch nicht getan, würden sie es bald tun. Und hatten sie es schon getan, würden sie es ebenfalls bald wieder tun. Jenny duschte sich in meinem Badezimmer, *um die Blicke dieser so genannten Künstler abzuwaschen*, wie sie behauptete, und saß dann in ein kurzes Handtuch gewickelt, barfuß und mit feuchten Haaren an der Theke und ließ sich von Paco ein kaltes Abendessen auftragen. Eine Ecke des Handtuchs löste sich ständig, das Handtuch rutschte, und Jenny musste es wieder unter der Achsel fixieren, was ihr irgendwann zu blöd wurde, worauf sie plötzlich mit heruntergerutschtem Handtuch dasaß, das nur noch ihren Bauch bis zum Oberschenkelansatz bedeckte. Das war viel aufreizender als in der Aktzeichenstunde, als sie ganz nackt auf der Chaiselongue gelegen war. Paco tat so, als bemerkte er es nicht, und ich sagte auch nichts. Ich überlegte, ob ich einfach die Wohnung verlassen sollte, ohne ein Wort, und im Geschäft übernachten, dann könnte ich wenigstens noch einmal runter zum Tier, aber mein Kontrollzwang behielt die Oberhand. Ich wollte ihnen diesen Triumph nicht gönnen. Ich wollte sehen, was weiter passierte, ob sie es tatsächlich fertigbrachte, hier den gesamten Abend mit nacktem Busen zu verbringen. Ich wollte es aussitzen, so wie sie es taten. Jenny benahm sich völlig ungezwungen, sie bestrich ein Baguette mit Gervais und biss hinein, sie trank Rotwein und beachtete die Baguettebrösel auf ihren Brüsten gar nicht. Sie spießte Cocktailtomaten auf, umschloss die Tomaten mit ihren Lippen und zog sie langsam vom Zahnstocher. Ich fragte mich, ob sie Drogen genommen hatte, vielleicht wäre ihr das Aktsitzen sonst doch nicht so leicht gefallen. Betrunken war sie nicht, noch nicht. Sie trank aber schnell und falls sie tatsächlich etwas genommen hatte, würde sie vermutlich bald vom Hocker fallen. Dann würde sich das Handtuch gänzlich von ihrem Körper lösen. Paco blieb auf der anderen Seite der Theke stehen, im Küchenteil, und rückte mit immer neuen Kleinigkeiten heraus, ein Schälchen Oliven, harte, noch warme Eier, die er inzwischen gekocht hatte, Spargelsalat, Essiggurken, so ging es dahin. Er schenkte permanent Wein nach, selbst wenn das Glas noch nicht leer war, sodass ich nicht wusste, wie viele Gläser ich schon getrunken hatte. Ich saß neben der praktisch nackten Jenny wie auf Nadeln, ich wusste nicht, was ich sagen sollte, also stopfte ich mich mit Essen voll und vermied es, sie anzublicken. Paco plauderte vor sich hin, er resümierte den Zeichenkurs, stellte Vermutungen an über den Erfolg der Reality-Show, die bald beginnen sollte, über seinen Erfolg und den Erfolg seiner Mit- oder vielmehr Gegenkandidaten, und er trank auch ziemlich schnell. Er schien sich nicht wohl in seiner Haut zu fühlen; ich glaube, er war von Jenny ebenso überrascht wie ich. Ich spürte, dass er in gewisser Weise eifersüchtig war, dass er Jennys Verhalten nicht einordnen konnte und dass er durch meine Anwesenheit gehemmt war, obwohl das sonst eigentlich nie vorkam. Meine Gegenwart hatte ihn noch nie von dem, was er gerade haben oder tun wollte, abgehalten. Deswegen stellte er weiterhin Essen auf die Theke, wusch dazwischen Geschirr ab, redete ununterbrochen, noch mehr als üblich, hielt einen Monolog. Er führte ein Stück vor uns auf, und wir sahen ihm zu, ich dankbar für die Ablenkung, Jenny gelangweilt und vermutlich über ihren nächsten Schritt nachdenkend. Sie ärgerte sich, dass wir auf ihre Provokation nicht reagierten, ich wusste nicht, was sie sich vorstellte. Vielleicht hatte sie sich vorgenommen, uns beide zu verführen, vielleicht schwebte ihr ein Dreier mit Zwillingen vor? Das traute ich ihr ohne weiteres zu. Vielleicht hatte sie schon Erfahrung mit mehreren Männern gleichzeitig, ein Zwillingsbrüderpaar wäre dann für sie die Krönung gewesen, noch dazu ein ehemalig siamesisches. Zu übertreffen nur noch durch ein zusammenhängendes, aber darauf hatte sie wohl kaum eine Chance. Aber nicht einmal Paco hätte das gewollt, da war ich mir sicher, er wollte sie mir ausspannen, aber nicht teilen, zumindest nicht gleichzeitig.

Irgendwann wird ihr kalt werden und sie muss sich was anziehen, dachte ich, aber sie war hartnäckig, um nicht zu sagen, stur wie ein Esel. Der Alkohol verstärkte ihre Sturheit und dämpfte ihr Kälteempfinden. Erst kurz nach Mitternacht, das war die Zeit, zu der sie üblicherweise ins Bett ging, verschwand sie beleidigt auf steifen Beinen im Bad, um sich ihr Nachthemd überzuwerfen, auf das Zähneputzen verzichtete sie. Weder an Paco noch an mich richtete sie ein Wort. Ich wartete, bis Paco sich verabschiedete, dann setzte ich mich in meinem Arbeitszimmer an den Computer und surfte ziellos durchs Netz. Ich las ein bisschen Online-Zeitung, klickte einmal dahin, einmal dorthin, ließ mich von zufälligen Links führen. Mir war egal, wo ich landete, ich wollte nur der Letzte sein, der schlafen ging, das gab mir einen Rest von Überlegenheit, vermittelte mir das armselige Gefühl, noch Herr in meiner eigenen Wohnung zu sein. Es war für mich ohnehin aussichtslos, als Erster ins Bett zu gehen. Ich konnte nicht schlafen, wenn ich wusste, dass in meiner Nähe noch Alkohol getrunken wurde. Das machte mich ganz kribblig, sodass an Einschlafen nicht zu denken war. Ich lag dann starr im Bett und konnte die Frau aus den ewigen Witzblättern, die mit einem Nudelholz in der Hand hinter der Tür auf ihren betrunkenen Mann wartet, gut verstehen. Mein Körper selbst wurde zum Nudelholz und in meinem Kopf wurde es immer greller, auch wenn ich zuvor elendsmüde gewesen war. Es war nicht der steigende Lärmpegel, der mich störte, eher die latente Bedrohung, die vom Alkohol ausging, die auf der Lauer liegende Aggression und die Möglichkeit, dass etwas Grauenhaftes passieren konnte. Wenn Alkohol getrunken wird, kann immer etwas Grauenhaftes passieren; ich kam erst zur Ruhe, wenn alle sicher in ihren Betten verwahrt lagen und ich wusste, sie würden in den nächsten paar Stunden nicht aufstehen, erst dann konnte ich schlafen.

3

DIE SHOW

Das Leben ist kannibalisch. Das eine Ich frisst das andere Ich. Immer ist jemand dabei, an einem anderen zu nagen, aus Neid, aus Profitgier, aus Angst. Wissen Sie, die Vorstellung, in einem Zimmer zu schlafen, wo nicht irgendwo eine Flasche steht, finde ich ziemlich schrecklich. Es könnte ja immerhin sein, dass ich nachts aufwache und einen Schluck brauche.
Tennessee Williams

Die Vorbereitungen für Pacos Show hatten begonnen, er kam spät nach Hause, das Kochen fiel nun aus, Jenny behielt die Gewohnheit, jeden Tag gleich nach der Arbeit zu erscheinen, trotzdem bei. Manchmal war sie sogar vor mir zu Hause. Sie saß in der Küche, tippte in ihren Minilaptop – sie arbeitete an Pacos Kochbuch –, dazwischen sah sie sich immer wieder die *Green Pornos* von Isabella Rossellini auf You Tube an, sie konnte gar nicht genug davon kriegen. Isabella Rossellini war mit bunten, seidenmatten Ganzkörperanzügen als Garnele oder Schnecke oder Heuschrecke verkleidet und demonstrierte mit einschmeichelnd erotischer Stimme das Fortpflanzungsverhalten dieser Tiere. Am erstaunlichsten aber war, wie gut Isabella aussah, die immerhin schon Mitte fünfzig war, als sie diese Kurzfilme gedreht hatte. Alles an ihr schien echt zu sein, sie war wunderschön, und sie erweckte nicht den Eindruck, schönheitsoperiert zu sein, und wenn, dann war es sehr gut gemacht. Ein unglaublicher Schalk blitzte in ihren Augen, wahrscheinlich hielt sie der auf Trab und demzufolge jung. Sie hatte eine Zwillingsschwester, die in der Öffentlichkeit kaum auftrat, ich hatte auch noch nie ein Foto von ihr gesehen. Ich wusste nur, dass diese Schwester Professorin an einer geisteswissenschaftlichen Fakultät irgendwo in New York war und Isabellas Arbeit immer ein wenig oberflächlich gefunden hatte. Was sie wohl zu den *Green Pornos* sagen mochte? Ingrid war die jüngere der beiden (sie war 34 Minuten nach

Isabella auf die Welt gekommen), vielleicht war sie von ihrer Schwester als Kind ständig untergebuttert worden, sodass sie sich später auf ein Gebiet zurückgezogen hatte, wo ihr die Ältere, Schönere womöglich, nichts dreinreden konnte.

Einmal in der Woche fand der Aktzeichnen-Kurs statt. Paco ließ sich dort nicht mehr blicken, er hatte sich bei der ersten Sitzung überzeugt, dass von keinem der Teilnehmer eine Gefahr für Jenny, oder besser für ihn, drohte. Und die Zeichnung, die er von Jenny angefertigt hatte, hatte zu keinen Hoffnungen Anlass gegeben, dass seine bildnerischen Fähigkeiten irgendwie weiterentwickelbar waren, trotz des attraktiven Modells. Aber das hatte ich schon vorher gewusst.

Jenny brachte manchmal etwas zu essen mit, wir beide aßen dann gemeinsam, aber es war nicht mehr wie früher. Sie aß lustlos und stocherte auf dem Teller herum, da hätte sie gleich wieder ihr Dinner Cancelling durchführen können. Das verdarb auch mir den Appetit. Ich kam mir vor wie ein Vater, der mit der Freundin seines Sohnes auf ihn wartet. So war die Stimmung zwischen uns. Familiär. Von ihrer Seite zumindest. Eine permanente Gereiztheit lag in der Luft. Sie senkte sich wie eine Klarsichtfolie über uns, die nichts verdeckte, aber alles erstickte. Jenny bekundete keinerlei erotisches Interesse mehr an mir, nicht einmal in der Nacht, wenn sie mit Paco (zu viel) getrunken hatte.

Das Tier war auch schlecht auf mich zu sprechen. Da Paco nicht mehr kochte, gab es keine Delikatessen mehr. Die Speisen, die ich brachte, waren nicht gut genug, also weigerte es sich zu essen, trat in Hungerstreik, was es zuvor noch nie getan hatte. Auch mit mir zusammen wollte es nicht essen. Ich probierte es mit verschiedenen Dingen, einzig die goldgelben Brioches aus der zweihundert Jahre alten Bäckerei akzeptierte es, grüne Äpfel und chinesischen Tee. Also brachte ich ihm täglich eine riesige Tüte mit dem Gebäck, trug ihm einen ganzen Korb mit Äpfeln hinunter und eine Drei-Liter Thermoskanne mit Tee. Die Thermoskanne hatte ich in einem Chinageschäft gekauft, langschwänzige goldene Drachen wanden sich auf rotem Grund. Auch Schokolade brachte ich ihm und Kuchen und Pizza mit extra Mozzarella und Milchshakes, weil ich Angst hatte, dass es zu wenig Proteine bekam, nichts davon rührte es an. Nur die Äpfel und die Brioches. Täglich musste ich unangetastetes Essen wegwerfen, was zwar meiner Krämerseele widerstrebte, aber ich wollte die eingetrockneten Sachen selbst auch nicht mehr anrühren. Sie verströmten einen dumpfen Kellergeruch, der mir modrig und auf eine fiese Art schillernd grün vorkam, wie die Unterseite von zu alten Steinpilzen, selbst wenn sie nicht länger als ein paar Stunden offen herumgestanden waren. Als ob der Keller den Verfall beschleunigen würde, was seltsam war, da man ja im Allgemeinen Lebensmittel im Keller aufbewahrt, damit sie länger halten. Früher war das zumindest so. Das Tier nahm an Gewicht ab, es wurde noch blasser, als es ohnehin schon war, sein Teint grün wie die Äpfel. Die graue Angorajacke schlotterte an seinem dünnen Körper. Der Heizstrahler lief Tag und Nacht auf vollen Touren.

Regelmäßig gegen 22 Uhr drehte sich der Schlüssel im Schloss, Paco stand im Vorraum, erhitzt, erschöpft, aufgekratzt. Er setzte sich auf einen Barhocker, und Jenny stellte ihm erst einmal ein Glas Wein und ein Glas Wasser hin, fürsorglich wie eine Ehefrau. Dann hockten sie da bis Mitternacht, ich zog mich ins Wohnzimmer zurück, und wenn Jenny ins Bett ging, wechselte ich ins Arbeitszimmer und legte mich erst zu ihr, wenn sie schlief. Sie schlief zwar noch immer auf meinem Sofa, aber das war nur noch pro forma, irgendwann würde sie drüben in seinem (meinem!) Bett liegen, und ich würde den Zeitpunkt ihres Wechsels gar nicht bemerken.

Wir lebten in einer seltsamen Blase, die erst platzte, als die Show begann. Paco brachte uns Karten für die Release Show, die schon in wenigen Tagen stattfinden würde. Ich gab meine an Jenny weiter, ich hatte nicht vor, hinzugehen. Sie solle die Karte verkaufen oder jemand anderen mitnehmen, mich brächten keine zehn Pferde dorthin, das sagte ich überlaut in Pacos Richtung, er sollte es auch wissen, aber er hatte es bereits gewusst, was mir auch klar war. Dennoch wollte ich es ausgesprochen hören, es verschaffte mir eine bittere Befriedigung. Er hielt sich die Ohren zu und schüttelte den Kopf. Dazu brummte er die Melodie von *On the Sunny Side of the Street*. Von diesem Lied gibt es unzählige Coverversionen, die Paco alle auf seinem mp4-Player gespeichert hatte. Er war besessen von diesem Lied. Er hatte sogar eine selbst fabrizierte Karaoke-Aufnahme davon ins Internet gestellt. Er sang mit einem pathetisch leidenschaftlichen Schmelz, als Hintergrund hatte er eine Straße auf Coney Island in das Video montiert, man sieht ein altes Karussell und eine windschiefe Achterbahn, die auf sehr dünnen Metallbeinen steht. Am Beginn ist das Bild schwarzweiß, im Laufe des

Songs wird es zuerst leicht pastellig, dann werden die Farben immer kräftiger, am Schluss erstrahlt alles in grellen Zuckertönen, aber ob das seinem Ansehen als Schauspieler weiterhalf? Er hatte immerhin über 5000 Views. Jenny schnitt mir eine Grimasse und steckte die Karte ein, versuchte aber nicht, mich zu überreden. Vielleicht hatte sie bereits jemanden gebeten, mit ihr hinzugehen. Eine von ihren Freundinnen wahrscheinlich. Sie schien nicht überrascht zu sein, dass der Termin so bald war.

Ich schaltete den Fernseher, den Paco gekauft hatte, eine halbe Stunde vor Sendungsbeginn ein, drehte die Lautstärke hoch und räumte im Zimmer herum, ich sammelte Zeitschriften und Bücher ein, stellte leere Tassen und Gläser in die Küche. Paco hatte das plötzliche Verschwinden des Fernsehers nicht kommentiert und einfach einen neuen besorgt, einen riesigen mit flachem Bildschirm, der nun das Wohnzimmer dominierte. Er sei Schauspieler und könne es sich nicht leisten, ohne Fernsehgerät zu leben, war seine Erklärung gewesen, als er mit dem Ungetüm nach Hause gekommen war.

Ich holte mir ein Bier aus dem Kühlschrank und setzte mich auf das Sofa. Es lief noch ein Werbeblock, dann begann die Show. Der Moderator kam aus einer seitlichen Kulisse. In der Mitte der Bühne waren drei große Sofas aufgestellt, mit einem länglichen Couchtisch in der Mitte. Sieben Gläser standen darauf und drei Wasserkrüge. Der Moderator stellte seine Gäste vor, drei Frauen, drei Männer traten abwechselnd links und rechts auf die Bühne, Paco kam als Letzter heraus. Er sah umwerfend gut aus, besser als die beiden anderen Männer, es war klar, dass er die Rolle des Platzhirsches hatte. Der erste Mann war ein Koch, Hugo, der sich in den letzten Jahren einen gewissen Namen gemacht hatte, der zweite ein älterer Gesellschaftslöwe, Philipp, den man aus den Adabei-Kolumnen kannte. Der Koch war jung, jünger als Paco, aber mit einem Bauchansatz, den er nicht versteckte, blond und bleich im gedunsenen Gesicht, sein bescheidener Ruhm war ihm noch nicht zu Kopf gestiegen, er wirkte sympathisch. Die Haare und Brauen des Alten, die wie geschwungene Sicheln über seinen Augen hingen, waren schwarz gefärbt, man ahnte das Mieder unter dem Anzug, das seine Silhouette in eine annehmbare Form brachte. Er gab den Grandseigneur, was anderes blieb ihm nicht übrig. Die Kandidatinnen waren aus der Altersgruppe zwanzig bis vierzig, die jüngste war eine ehemalige Miss, Xenia, nunmehr Versandhausmodel mit (vermutlich vergeblicher) Ambition auf die Laufstege der Haute Couture, blond und blauäugig, mit dem typisch geschwollenen Entenmund, der auf eine frische Silikoneinspritzung hindeutete, die mittlere eine füllige Eventveranstalterin, Sarah, die vor allem für ihre exotischen Outfits inklusive bunter Turbans bekannt war, und die älteste eine Schauspielerin, Maxi, noch ohne sichtbare Anzeichen von plastischer Chirurgie, deren beste Tage noch nicht, aber bald vorbei sein würden, wenn nicht in naher Zukunft irgendetwas eintrat, was ihr absehbares Verblassen im kollektiven Gedächtnis verhinderte. Sie saßen jeweils zu zweit auf den Sofas aufgereiht, Paco mit der Schauspielerin, der Koch mit der Eventveranstalterin und der Gesellschaftslöwe mit dem jungen Model. Sie kannten sich untereinander schon recht gut, das merkte man. Der Moderator saß auf der Sofakante neben dem Model. Er war der prominenteste unter den Anwesenden, ein Starmoderator, der zwanzig Jahre lang dem staatlichen Rundfunk in allen möglichen Funktionen gedient hatte und dessen Stern als Ansager erst vor einigen Jahren in einem Privatsender aufgegangen war. Sein Gesicht war von den tausenden Kameras und Scheinwerfern, die im Laufe der Jahre darauf gerichtet worden waren, abgenutzt und eingefroren. Das vor dem Spiegel eingeübte falsche Lächeln hatte sich eingenistet in den Mundwinkeln wie ein Permanent Make-up. Es wurde geplaudert, die Katze noch nicht aus dem Sack gelassen. Ich konnte mir überhaupt nicht vorstellen, was diese Leute Außerordentliches leisten sollten, warum man sich diese Sendung ansehen sollte. Wäre nicht im Vorfeld ein medialer Hype veranstaltet worden, würden die Zuseher vermutlich nach zwei Minuten wegzappen. Wenn sie es nicht ohnehin taten und nur die Verwandten und Freunde der Kandidaten übrig blieben. Nervös war ich trotzdem. Paco suhlte sich im Rampenlicht, flirtete professionell mit seiner Schauspielerkollegin, irgendwo im Studiopublikum saß Jenny und fieberte mit. Ich holte mir ein zweites Bier, das erste war mir abhanden gekommen, ich musste es in kürzester Zeit ausgetrunken haben, ohne dass es einen Eindruck hinterlassen hatte. Die Flasche war leer, mein Gaumen dennoch ausgedörrt, keine Spur von Hopfen- oder Alkoholaroma war in meinem Mund.

Jetzt wurden die Filmchen gezeigt, alles war genau so, wie man es sich vorstellte, gut gemacht, witzig, peinlich, keinerlei Überraschungen, außer bei Pacos Film, da war nämlich ich in Großaufnahme zu sehen, und ich schlug dem Peinlichkeitsfass den Boden aus. Ich stand da in meinem Wohnzimmer und plauderte halblustig aus unserer Kindheit, meine Stimme überschlug sich ständig, ich stotterte und polterte, ich lachte zwischen den verstümmelten Sätzen laut und unmotiviert auf und grinste verlegen in die Kamera, ich sah aus wie ein Paco mit schlechtem Teint. Ich machte mich zum Affen. Mein Auftreten vor der Kamera war ein Desaster. Warum hatte Paco mich nicht davor bewahrt? Langsam dämmerte mir, was er als Schauspieler überhaupt leistete. Auch wenn ich ihn mir nicht ansehen konnte, andere konnten es und fanden ihn vielleicht sogar gut. Er konnte in zusammenhängenden Sätzen, die er vorher auswendig gelernt hatte, sprechen, und er konnte diese Sätze sogar so sprechen, dass sie nicht wie auswendig gelernt klangen, er konnte in verschiedene Rollen schlüpfen. Er konnte in einer Live-Show sitzen und flüssig plaudern, ohne dass man sich dafür besonders genieren musste. Das musste ich ihm erst einmal nachmachen. Selbst der schlechteste Schauspieler konnte sich nicht so blamieren, wie ich es getan hatte. Ich musste an Ingrid denken, ob sie auch einmal so ein Erlebnis gehabt hatte? Ob sie plötzlich begriffen hatte, worum es bei ihrer Schwester eigentlich ging? Dass Isabella ebenfalls einen Job hatte, der Anstrengung und Disziplin erforderte. Das zweite Bier war leer, wieder hatte ich nichts davon mitgekriegt. Ich holte die Whiskyflasche, die seit einem halben Jahr ungeöffnet in der Küche stand, und schenkte mir großzügig ein. Dann trat auch noch unsere Mutter auf, sie sah überraschend jung aus, ihre blond nachgefärbten Haare waren zu einem Dutt hochfrisiert, und sie trug ein Leinenkleid mit stilisierten Tigerstreifen in braunschwarz, das ihre üppige Figur gut zur Geltung brachte. Ich war erleichtert, dass sie trotz des gewagten Kleides so vorteilhaft rüberkam, fürchtete mich aber vor ihrem ersten Satz. Sie wirkte ein bisschen wie die Frauen mittleren Alters aus den italienischen Filmen der sechziger Jahre. Wie erwartet, brach sie nach geschätzten drei Sekunden in Tränen aus und verschmierte ihre Wimperntusche. Sie sagte tatsächlich, wie sehr sie es sich wünschen würde, dass wir uns besser verstünden, dass wir endlich unsere Streitigkeiten beilegen könnten und wieder eine richtige Familie würden, dass wir zusammenwachsen würden, so wie früher. Eine schmale Frauenhand mit kurzen unlackierten Fingernägeln erschien am linken Bildrand und streckte ihr ein Papiertaschentuch entgegen, sie nahm es und seufzte hinein. Das war billigstes Schmierentheater. Das Pathetische hatte Paco eindeutig von ihr. Sie meinte es nicht so, aber es klang, als ob sie wünschte, Paco und ich würden körperlich wieder zusammenwachsen, würden zurückversetzt in den Zustand vor der Trennung. Das Studiopublikum stöhnte auf und klatschte dann frenetisch. Ich konnte es nicht fassen. Jenny, die meine Mutter vorher nicht gekannt hatte, sah sie hier zum ersten Mal, öffentlich weinend.

Aber was Jenny über meine Mutter dachte, konnte mir inzwischen egal sein. Es war nicht mehr meine Sache, es war Pacos Sache, und der hatte damit garantiert kein Problem. Jenny fand es wahrscheinlich gar nicht unmöglich, sondern ganz natürlich, dass eine Mutter so dachte. Das empfanden offenbar alle so. Deswegen hatte sie derartigen Applaus bekommen. Jenny war nicht im Porträt gewesen. Entweder hatten sie gar nicht mir ihr gedreht oder sie hatten sie wieder rausgeschnitten. Der Moderator fragte nun Paco, ob er auch wie seine Mutter dachte, ob er nicht versuchen wollte, sich mit seinem Zwillingsbruder zusammenzuraufen, und Paco antwortete, es liege nicht an ihm, sondern an seinem Bruder, der leider anderer Meinung sei. Gelächter im Saal. Das Model kicherte in sich hinein, es sagte etwas, aber sein Mikrophon war ausgefallen und musste von einem Techniker gerichtet werden. Während dieser am Dekolleté des Models nestelte, unterhielten sich die Eventmanagerin und der Koch ganz ungeniert miteinander, als hätten sie vergessen, dass sie in einer Show saßen und dass jedes Wort von ihnen, jede Geste und jede Grimasse live übertragen wurden. Der Moderator schritt ein. »Aufgepasst, Leute, unsere Zuseher sitzen auf Nadeln. Wir verraten nun bald, worum es hier eigentlich geht!«

Schlagartig war es ruhig unter den Kandidaten, der Techniker blickte auf, tat einen letzten Handgriff an Mikrophon und Ausschnitt des Models und ging weg. Der Moderator blickte triumphierend in die Runde. »Jetzt seid ihr neugierig, was?«

Er setzte sich neben Paco und sagte nur ein Wort: »Schönheitsoperationen.«

Und dann: »Ihr seid natürlich alle schön, das wissen wir, das wissen die Zuseher, das heißt aber nicht, dass nicht die eine oder andere Verbesserung möglich wäre. Und das wird das Publikum zu Hause entscheiden. Sie, verehrte Damen und Herren, entscheiden, welcher Eingriff für welchen Kandidaten in Frage kommt.«

Ein Raunen ging durchs Publikum, erschrockene Gesichter unter den Kandidaten.

»Ja, Sie haben richtig gehört! Sie entscheiden! Sie entscheiden, ob unsere Xenia vielleicht ein kleineres Näschen bekommt, ob Sarah ein bisschen Fettabsaugung an den Oberschenkeln vertragen könnte oder ob bei Hugo eine Bauchstraffung angezeigt wäre. Vielleicht aber gönnen Sie Xenia ein oder zwei Körbchengrößen mehr und Paco eine Lidstraffung, ein bisschen Botox oder ein Lippenimplantat für Maxi – auch an intimer Stelle möglich – oder eine Penisverlängerung für Philipp, das Wohl und das gute Aussehen unserer Kandidaten liegt ganz bei Ihnen! Es gibt pro Kandidat nur einen Eingriff. Erst am Ende bekommt der Kandidat, für den die meisten Anrufe eingegangen sind, noch eine Operation nach Wunsch spendiert. Die Eingriffe werden natürlich live gezeigt! Sie, meine Damen und Herren, sind live dabei im OP-Saal!«

Gerne hätte ich Jennys Gesicht gesehen, aber sie zeigten nur Nahaufnahmen der Kandidaten, die einen schockierten Eindruck machten. Xenia wirkte, als ob sie gleich davonlaufen wollte. Auch Paco war verunsichert, er versuchte es mit Grinsen zu kaschieren, die anderen saßen einfach da, versteinert.

»Keine Angst, Kinder, die Zuseher werden nur euer Bestes im Auge haben.« Der Moderator blinzelte in die Kamera und sonnte sich in seinem Überraschungstriumph.

In dem Moment klingelte das Telefon. Es war Mutter. »Hast du das gewusst?«, schrie sie in den Hörer. »Das ist doch …, also, dass man so etwas erlaubt …«

»Ich habe es nicht gewusst, Mama, aber ich weiß, dass Paco viel Geld dafür bekommt. Und wenn er dann noch ein bisschen verschönert wird, ist das ja kein Schaden für ihn!«

»Aber das gibt es doch gar nicht, ich glaube nicht, dass sie das dürfen.«

»Sie dürfen bestimmt, Mama, Paco hat garantiert alles Mögliche unterschrieben, womit das rechtlich abgedeckt ist.«

»Aber doch nicht so etwas, das ist doch gegen allen Anstand!!«

»Bitte, reg dich nicht so auf, Millionen Menschen gehen zum Schönheitschirurgen, da ist doch heutzutage nichts mehr dabei.«

Das war überhaupt nicht meine Meinung. Ich fand diesen Trend höchst bedenklich und unnötig, reine Geschäftemacherei, aber andererseits, wenn die Leute an sich herumschnipseln lassen wollten und das nötige Geld dafür hatten, was ging das jemand anderen, was ging das mich an? Die Leute kauften sich ebenso jedes halbe Jahr neue Kleidung, Lippenstift oder ein neues Handy, das war genau so unnötig. Und gleichzeitig verhungern anderswo Kinder, das ist ebenfalls unnötig.

»Also Paul, ich weiß gar nicht mehr, was ich sagen soll. Ich finde das ungeheuerlich.«

»Beruhige dich, Mama, es wird schon alles gut werden.«

Meine Laune war gestiegen. Zwar fand ich diese Show genau so ungeheuerlich wie Mama, aber ich dachte daran, was sie für Paco und mich bedeuten würde, nämlich, dass wir uns vielleicht bald weniger ähnlich sahen, falls sich die Zuseher dafür entschieden, bei Paco eine Nasenkorrektur vorzuschlagen, oder ein Kinnimplantat oder was weiß ich. Da gab es ja ungeahnte Möglichkeiten. Ein anderer Schnitt der Augen, Wangenimplantate oder überhaupt ein totales Gesichtslifting. Zehn Jahre älter auszusehen als Paco würde mir nichts ausmachen. Vielleicht würde ich sogar jünger aussehen, wenn sein Eingriff missglückte. Gerade bei Männern gingen solche Operationen oft fürchterlich schief und sie sahen dann aus wie Mickey Rourke oder Sylvester Stallone. Umso besser für mich.

Als Erstes fing sich der Koch wieder.

»Kann man sich schon vorher etwas wünschen? Ich meine, kann man an die Zuseher appellieren und sie bitten, einen bestimmten Eingriff für einen vorzuschlagen?«

»Du kannst machen, was du willst«, grinste der Moderator. »Es gibt kein Sprechverbot. Du kannst hier und jetzt die Zuseher um eine Fettabsaugung bitten, oder um was auch immer. Kein Problem.«

Der Koch schluckte. »Na, das muss ich mir vorher aber genau überlegen.«

»Das würde ich dir an deiner Stelle auch raten, Hugo!«

Lachen im Studio. Es war unheimlich.

Paco hatte sich inzwischen auch erholt, er plauderte schon wieder angeregt mit seiner Kollegin, die Stimmung war in eine etwas hysterische Ausgelassenheit umgeschlagen. Ich fragte mich, und ich war in dem Moment sicher nicht der Einzige vor dem Bildschirm, der sich das fragte, ob die Entscheidung der Zuseher von den Programmmachern korrigiert werden würde, wenn sie den Kandidaten nicht passten oder wenn es sich um Vorschläge handelte, die dem Aussehen mehr schadeten als nützten, anders gesagt, ob sie boshafte Vorschläge zur Verschandelung annahmen oder nicht. Wo zog man überhaupt die Grenze? Was der eine als schön empfindet, ist für den anderen schon hässlich und umgekehrt. Gerade darin lag der morbide Reiz dieser Sendung. Vermutlich würden sie die inakzeptablen Vorschläge als Ausreißer von ein paar wenigen Anrufern darstellen, selbst wenn sie die Mehrheit sein sollten. Es genügte, diese Bedrohung lediglich im Äther schweben zu lassen, sie in alle Wohnzimmer auszustrahlen, sie musste nicht einmal ausgesprochen werden, geschweige denn ausgeführt. Das schockierte Schweigen der Kandidaten nach der Ankündigung hatte diese Bedrohung manifestiert, sie war sofort dagewesen und würde bis zum Finale der Sendung die Zuschauer bei der Stange halten. Die Medien würden nicht schweigen, die Journalisten waren wahrscheinlich schon dabei, wieder einmal den moralischen Untergang des Abendlandes, diesmal endgültig, zu postulieren und ihren gerechten Zorn in die Redaktionen ihrer Zeitungen zu senden. Aber während der Shows würde man nicht darüber reden und so tun, als ob nichts wäre.

Ich hatte genug gesehen und schaltete den Fernseher aus. Mein peinlicher Auftritt lag mir noch sehr im Magen. Ich konnte nur hoffen, dass der Skandal alles überdeckte und sich keiner an die Porträts erinnerte.

Ein langer Abend alleine stand mir bevor. Jenny würde Paco auf die Party begleiten, die es nach der Release-Show gab. Ich hätte mitgehen können, hatte aber natürlich abgelehnt. Es tat mir jetzt zwar nicht leid, aber ich hätte mir etwas vornehmen sollen für diesen Abend. Allein bleiben konnte ich nicht. Ich beschloss, noch einmal beim Tier vorbeizuschauen, nur kurz. Es verbrachte auch immer lange einsame Abende. In letzter Zeit hatte ich es wieder ziemlich vernachlässigt. Ich fragte mich, ob es die Show gesehen hatte. Es besaß ja jetzt den Fernseher, und ich hatte ihm natürlich nie gesagt, dass ich einen Zwillingsbruder hatte. Ich wusste aber nicht, ob es sich für solche Programme interessierte, ich wusste eigentlich überhaupt nicht, was es sich ansah. Ich hatte nicht darauf geachtet. Wenn ich bei ihm unten war, ließ ich den Fernseher laufen, schaltete nur den Ton aus, wenn es mich ließ. Manchmal wollte es die Kopfhörer aufbehalten. Mir war es egal, ich fand es sogar ganz sexy mit den Kopfhörern, eine Abwechslung zumindest. Was sollte ich ihm erzählen, wenn es Paco gesehen hatte? Wenigstens vor dem Tier hatte ich meine singuläre Existenz bewahren wollen. Ich würde nicht darüber sprechen. Wenn es nicht von sich aus fragte, würde ich gar nichts sagen. Vielleicht hatte ich Glück und es hatte die Sendung nicht gesehen.

Ich hatte kein Glück. Das Tier empfing mich mit aufgeregten Gebärden, es war ganz außer sich und wollte Paco unbedingt kennen lernen. Ich sagte ihm, das sei unmöglich, daraufhin setzte es sich bockig in eine Ecke und ließ mich bis auf einen halben Meter nicht heran. Es schlug um sich, sobald ich es berühren wollte, und spuckte mir ins Gesicht. Ich konnte es nicht einmal mit einem Geschenk besänftigen, ich hatte nicht daran gedacht, etwas mitzubringen, was ich normalerweise nie versäumte, wenn ich am Abend noch einmal vorbeikam, etwas zum Naschen oder irgendeine kleine Spielerei aus dem Ein-Euro-Shop. Ich war so mit meinen eigenen Gedanken beschäftigt gewesen, dass ich das vollständig vergessen hatte. Ich verließ das Tier unverrichteter Dinge und wanderte ziellos durch die Straßen, ich wollte in kein Lokal gehen, aus Angst, für Paco gehalten zu werden. Ich hatte keine Ahnung, ob die Sendung ein Straßenfeger gewesen war oder nicht, ich ging aber lieber kein Risiko ein.

Bald saß ich wieder zu Hause in der leeren, dunklen Wohnung und ärgerte mich, dass ich nicht beim Tier geblieben war. Ich hätte dort gemeinsam mit ihm fernsehen können, ein paar Biere trinken, ich hätte beim Tier übernachten können. Irgendwann hätte es seine Bockigkeit schon aufgegeben, es war nicht besonders nachtragend. Es hatte eine gewisse Grundbeleidigtheit an sich, aber mit der konnte ich gut umgehen. Ich überlegte allen Ernstes, noch einmal hinzugehen, unterließ es dann aber. Selbst vor dem Tier wollte ich mein Gesicht nicht vollständig verlieren.

Paco und Jenny kamen erst gegen Morgen nach Hause, draußen dämmerte es bereits. Jenny fiel wie ein Bleisack neben mich auf das Sofa. Paco stampfte ins Schlafzimmer, ohne die Tür hinter sich zuzumachen, und eine Minute später hörte ich ihn schnarchen. Ausgezogen hatten sich beide nicht. Der asymmetrische Träger von Jennys schwarz flackerndem Cocktailkleid war abgerissen und wurde nur noch von ein paar Fäden festgehalten, das Kleid hing lose an ihren Brüsten. Ich stand auf, trug Jenny mit einiger Mühe – sie war schwerer als das Tier – hinüber zu Paco, mit einem Knurren drehte sie sich zur Seite, hin zu Paco, ich zog Paco die Schuhe aus, Jenny hatte ihre bereits bei der Eingangstür in eine Ecke geschleudert – von diesem Theaterdonner war ich aus meinem Halbschlaf gerissen worden. Dann deckte ich beide zu, öffnete das Fenster einen Spalt breit und schloss die Schlafzimmertür. Ich sammelte Jennys Schuhe ein und stellte sie neben meine und Pacos. Sie waren völlig verdreckt und zerkratzt, ich würde sie später putzen müssen. Ich ging in die Küche, um mir einen Kaffee zu machen. Ich mochte diese Stimmung in der Früh eigentlich gerne, bevor es richtig hell wurde, die uralten Gespenster der Finsternis waren endlich vertrieben, noch brauste kein Straßenverkehr, lärmte keine Müllabfuhr, die Betrunkenen lagen in ihren Betten und stellten keinen Unsinn an, die Nichtbetrunkenen schliefen noch. Ich hatte kaum geschlafen, vielleicht eine halbe Stunde, Kater hatte sich keiner eingestellt, der würde später kommen. Ich empfand eine seltsame Leichtigkeit des Kopfes, die manchmal durch Schlafmangel entstand, die aber, wie ich wusste, nicht lange anhielt. Ich setzte mich an die Bar mit meinem Kaffee und rührte so lange um, bis ich einen Krampf in der Hand bekam. Ich überlegte, ob ich aus der Wohnung ausziehen und sie Paco anbieten sollte. Er würde nicht ausziehen, schon gar nicht, solange die Show lief, aber auch danach nicht, also musste ich es tun. Vielleicht gab er sich damit zufrieden, mir meine Freundin ausgespannt zu haben und in meiner Wohnung zu wohnen, und ich brauchte zumindest die Stadt nicht zu wechseln. Es wäre so mühsam, das Geschäft aufzugeben, das Tier zu übersiedeln, oder ein neues Tier zu finden, ich war müde und wollte endlich an einem Ort bleiben, und wenn Paco in derselben Stadt wohnte, aber seine (meine!) eigene Wohnung hatte, dann konnte ich damit leben. Dann musste ich mir nichts vorwerfen lassen, mehr konnte man nicht verlangen von mir.

»Was willst du dir denn machen lassen?«, fragte ich Paco am Abend.

»Ich bin noch am Überlegen. Vielleicht die Schlupflider

beseitigen oder eine Anhebung der oberen Lider, etwas Kleines jedenfalls.«

»Und wenn dir die Anrufer eine neue Nase verpassen wollen?«

»Nun ja, man wird sehen, im Notfall kann ich es hinterher wieder rückgängig machen.« Er lachte verlegen.

»Zu viele Nasenoperationen sind gefährlich, leicht schaut man da wie Michael Jackson aus. Oder Michelle Pfeiffer, die hat auch eine zu viel riskiert.«

Ich war blendender Laune, Paco ganz Katzenjammer, die Zeitungen hatten sich auf die Sendung gestürzt, auf die Programmmacher, und auch an den Kandidaten hatten sie kein gutes Haar gelassen. Dass diese erst während der Sendung erfahren hatten, was ihnen blühte, glaubte keiner.

Jenny lag noch im Bett, ihr ging es sehr schlecht, sie hatte sogar das Reparaturbier verweigert, ich hatte ihr einen Kübel vor das Bett gestellt, in den sie sich erbrechen konnte. Paco ging es nur körperlich besser. Er erzählte, dass sich alle Kandidaten nach der Sendung kompromisslos und innerhalb kürzester Zeit betrunken hätten, wie er und Jenny nach Hause gekommen waren, wusste er nicht mehr, er war froh, dass sie es geschafft hatten. Die nächste Sendung war in einer Woche, da würde dann das Ergebnis der Telefonumfrage für den ersten Kandidaten verkündet und er oder sie würde sofort in einen eigens dafür im Studio aufgebauten gläsernen OP-Saal gebracht werden. Diese Glaskuppel würde auf die Bühne geschwenkt, mehrere Screens würden Detailaufnahmen für das Publikum und die Zuseher zeigen. Nur die Sendungsverantwortlichen und das Ärzteteam wüssten, welcher Kandidat operiert werden würde. Deshalb müssten alle mit nüchternem Magen dort sitzen. Der oder die werde dann von einer Krankenschwester abgeholt und für die Operation vorbereitet, den anderen würden gleich auf der Bühne Essen und Trinken serviert. Während ihr Kollege oder ihre Kollegin operiert würde, könnten sich die anderen am Büfett bedienen. Der Patient oder die Patientin würde danach in ein Spital gebracht, für die Aufwachphase, die weitere Nachbehandlung und Regeneration. Und so würde es in den nächsten Wochen weitergehen, bis alle durch seien, am Ende würde der Gewinner oder die Gewinnerin der Wunschoperation gekürt. Für die Frauen war das wahrscheinlich ein großes Facelifting, für die Herren vermutlich kleinere Eingriffe, man konnte sich allerdings auch eine künstlerische Operation wünschen, so wie das beispielsweise die französische Performance-Künstlerin Orlan praktiziere, die sich vor einigen Jahren links und rechts zwei kleine Höcker aus Silikon unter die Stirnhaut implantieren ließ.

Wenn ich die Sendung weiterverfolgt hätte, anstatt abzuschalten, wüsste ich das alles und brauchte es mir nicht von ihm erklären zu lassen, stöhnte Paco. Ihn schmerze der Hals, er habe vermutlich geraucht, könne es aber nicht mit Bestimmtheit sagen. In seinem Mund herrsche ein aufdringlicher Nikotingeschmack.

Er gab mir einen Zeitungsausschnitt über Orlan, der ihnen am Vorabend von einem Redakteur gegeben worden war und im Laufe der Nacht durch die Hände aller Kandidaten und ihrer Begleiter gewandert war und dementsprechend aussah. Ich las, dass Orlan ihren Körper als Material für ihre Kunst begriff, dass ihre Kunst nicht an den

Grenzen ihres Körpers endete, im Gegenteil, dort begann sie erst. Ihre Operationen konnten im Rahmen von Performances live mitverfolgt werden, später konnte man sie gekürzt auf You Tube abrufen. Orlan ging sogar noch einen Schritt weiter, indem sie auf Vollnarkose verzichtete. Während an ihr herumgeschnipselt wurde, rezitierte sie aus eigenen oder fremden Texten.

Auch ihnen stünde das frei, sagte Paco, ja die Programmmacher wünschten es sich sogar, aber er glaube nicht, dass einer von ihnen dazu bereit wäre. Dazu seien sie, einschließlich ihm, wohl zu feige. Aber wer weiß, im Laufe der Wochen könne sich einiges ändern, auch in den Köpfen der Kandidaten. Er werde auch darauf verzichten, an die Zuseher zu appellieren und seine Wunschoperation preiszugeben. Er glaube, dass sie dann für das Gegenteil stimmten. Leider sei den Leuten das zuzutrauen, da war es besser, sich überraschen zu lassen.

»Du kannst dir ja das Gegenteil von dem, was du dir wirklich vorstellst, wünschen.«

»Das ist zu unsicher, nicht einmal auf die Bosheit der Leute ist Verlass. Außerdem das Gegenteil wovon? Was ist das Gegenteil von einer Nasenoperation oder einem Lidlifting? Nein, ich lasse es auf mich zukommen, ich muss eben das Beste daraus machen.«

Er konnte nur hoffen, dass der Chirurg das Beste daraus machte. Und ich? Ich hoffte, dass der Chirurg das Beste für mich machte. Ich hatte den Verdacht, dass auch Orlan das Beste aus sich machen ließ. Unter dem Deckmantel der Kunst bat sie den Chirurgen vielleicht, da und dort noch ein wenig Fett abzusaugen, möglichst unauffällig (außerhalb der Kamera), wenn man schon dabei war. Wieso auch nicht. Wer wollte ihr das übel nehmen, bei den Schmerzen, die sie auf sich nahm, der Kunst wegen. Ob sie die Operationen selbst bezahlte? Davon stand nichts im Artikel. Vermutlich nicht. Heutzutage wird ja jeder, der sich öffentlich operieren lässt, gratis operiert. Diverse Stars und Sternchen kamen so zu einer kostenlosen Rundumerneuerung und zusätzlicher Publicity. So wie Paco und seine Kollegen, die noch dazu ein gewisses prickelndes Risiko eingingen, weil sonst interessierte das ohnehin keinen Menschen mehr. Paco schien überhaupt nicht daran zu denken, dass mit einer plastischen Operation im Gesicht unsere Ähnlichkeit wenn schon nicht zerstört, so zumindest gestört oder vermindert wurde. Ich hütete mich, ihn darauf hinzuweisen. Womöglich erwartete er, dass ich mich ebenfalls operieren ließ.

»Warst du eigentlich schon einmal auf www.awfulplasticsurgery.com? Und das sind alles Leute, die das freiwillig gemacht haben!«

Jenny stand vor uns, barfuß, mit bleichem Gesicht und fast schwarzen Augenringen. Sie trug immer noch ihr Kleid, den abgerissenen Träger hatte sie irgendwie zusammengeknüpft. Ich fragte mich, was sie genommen hatte, sie sah aus wie Kate Moss in ihren wilden Tagen.

»So schlimm wird es schon nicht werden. Ich habe außerdem Vertrauen in unsere europäischen Ärzte, die sind nicht so skrupellos wie die amerikanischen.«

»Wenn sie in so einer Sendung mitmachen, sind sie genau so skrupellos.«

»Mit Moral kommst du heutzutage nicht weit.«

»Ich geh aufs Klo.«

Als sie zurückkam, stellte Paco ihr eine Tasse Rindsuppe hin, die er in der Zwischenzeit heiß gemacht hatte.

»Trink das, das bringt dich wieder auf die Beine. Und mach dir keine Sorgen um mich. Ich werde schon gut aussteigen dabei.«

»Eigentlich müsstest du hoffen, am Ende nicht zu gewinnen. Du brauchst doch überhaupt keinen Eingriff!«

»Nun ja, oberflächlich betrachtet vielleicht nicht, aber ich habe da schon eine Idee …«

»Ach, und welche?«

»Das verrate ich nicht.«

»Du willst doch nicht etwa so eine Kunstscheiße abziehen wie diese Orlan!«

»Warte es ab!«

Paco und Jenny hatten mich schon wieder vollständig ausgeblendet aus ihrem Gespräch. Es störte mich nicht besonders. Ich hatte es kommen sehen. Es war offensichtlich, dass die beiden miteinander geschlafen hatten. Und dass es kein einmaliger Ausrutscher gewesen war. Und ich hatte nichts dazu getan, es zu verhindern. Im Gegenteil.

Jenny schüttelte den Kopf und trank ihre Rindsuppe. Der Haussegen zwischen den beiden hing eindeutig schief.

Ich konnte mir nicht vorstellen, was Paco beabsichtigte, aber für mich konnte jede Veränderung seines Aussehens nur positiv sein. Ich würde ihn dabei nach bestem Wissen und Gewissen unterstützen.

Als Erste wurde Xenia, das junge Model, operiert. Das Publikum hatte, wenig originell, eine Brustvergrößerung vorgeschlagen, zwei Körbchengrößen mehr sollten es sein, in ihrem Fall also eine Erweiterung von B auf D. Sie wurde vom Moderator gefragt, ob sie nicht Doppel-D wolle, man würde für sie gerne ein Auge zudrücken und ein Körbchen dazulegen, die Zuseher hätten gewiss nichts dagegen, aber sie begnügte sich mit einem einfachen D. Auf wackligen Beinen wurde sie von einer Krankenschwester weggebracht, die selbst aussah, als ob man ihrer Oberweite auf die Sprünge geholfen hätte. Es dauerte etwa zwanzig Minuten, die mit angespannter Konversation überdauert wurden, dann wurde der gläserne OP hereingeschwenkt, Xenia lag schon auf dem Operationstisch, sie winkte (die Beruhigungspille wirkte schon), mit einer Art Duschkappe auf dem Kopf, damit ihre schöne Frisur nicht zerstört wurde, der Körper war noch abgedeckt mit einem grünen Tuch. Einen Venflon hatte sie schon im Handrücken stecken (das sah man auf den Screens), das Narkosemittel wurde eingeleitet, gleichzeitig bekam sie eine Art Saugglocke über Nase und Mund gestülpt. Offenbar hatte sie sich für Vollnarkose entschieden. Dann wurde der Oberkörper freigelegt, ihre Brüste waren wie ein Schnittmuster mit rotem Stift bemalt, psychedelisch anmutende Kreise und Pfeile wiesen den Chirurgen den Weg. Die folgende Operation dauerte neunzig Minuten, die Kandidaten im Studio vertrieben sich nach der ersten Schreckviertelstunde die Zeit mit Essen, sie hatten ja den ganzen Tag gehungert. Sie sahen nicht mehr zur Glaskuppel hinüber und auch nicht auf die Screens, sie benahmen sich so, als ginge sie das alles nichts an, und bedienten sich am für sie aufgebauten Büffet. Champagner floss, nur der Moderator hielt sich zurück, er hatte zwar am Beginn mit ihnen angestoßen, sein Glas aber nicht einmal ausgetrunken. Schade eigentlich, ein Showmaster vom Kaliber eines Harald Juhnke hätte dem Ganzen noch die Krone aufgesetzt.

Diesmal saß ich gemeinsam mit Jenny vor dem Fernseher. Ins Studio wollte sie nicht mehr gehen, wäre Paco an diesem Abend dran gewesen, wäre sie ins Krankenhaus gefahren, wo die Frischoperierten nach der Sendung hingebracht wurden.

»Das ist so krank«, hatte sie aufgestöhnt, als Xenia betäubt worden war.

»Nicht kranker als alles andere, was Menschen so machen, wenn ihnen langweilig ist.«

»Dir scheint das völlig egal zu sein! Ich glaube sogar, du findest es gut«, fauchte sie mich an.

»Es ist Pacos Körper, das geht mich nichts an.«

»Er ist dein Zwillingsbruder, es geht dich sehr wohl etwas an.«

»Es würde mich etwas angehen, wenn wir noch zusammenhingen. Und selbst dann, wenn es sich um seine Körperhälfte handelt, um sein Gesicht, um seinen Arsch, das geht mich nichts an. Deine romantische Vorstellung vom Zwillingsdasein existiert nicht.«

»Der Arsch bist du. Wie kann man nur so gleichgültig sein.«

Ich schwieg. Ich wollte nicht zugeben, dass mir jede Veränderung an Paco, je tiefgreifender, desto besser, willkommen war. Sie ahnte es ohnehin.

Ich hatte in der vergangenen Woche mehrmals unter der kostenpflichtigen Telefonnummer angerufen – einmal vom Festnetz des Geschäftes, einmal von meinem Handy und noch aus zehn verschiedenen Telefonzellen (die zu finden, war gar nicht so einfach, die halbe Stadt bin ich abgelaufen, es gibt fast keine mehr) – und für Paco ein großes Facelifting vorgeschlagen, ich dachte, das würde ihn am meisten verändern. Zum Guten oder zum Schlechten, meinetwegen zum Guten, dann hatte Mutter wenigstens keinen Grund, sich aufzuregen.

Xenia wurde bereits ins Krankenhaus überstellt, die Operation war komplikationslos verlaufen, der Moderator verabschiedete seine Gäste, nächste Woche würde Xenia wieder zwischen ihnen sitzen, vielleicht mit einem leichten Ziehen unter den Achseln und einem steifen Rücken wegen des Stütz-BHs, aber mit ihren neuen Brüsten konnte sie sich immerhin von den anderen bewundern lassen.

Die folgenden wöchentlichen Sendungen liefen ähnlich ab, die Operationen dauerten zwar unterschiedlich lange, aber das wurde mit kurzen Filmdokus über die bereits operierten Kandidaten (vorher–nachher) und über ihre Ärzte ausgeglichen, wenn es drohte, zu langweilig zu werden. Großen Applaus erhielt immer die sexy Krankenschwester Amanda. Philipp, der Gesellschaftslöwe im besten Alter, hatte ihr die Hand geküsst, als sie ihn abgeholt hatte, und reichte ihr dann seinen angewinkelten Arm, so dass quasi sie von ihm herausgeführt wurde und nicht umgekehrt. Paco war in der dritten Sendung dran, er hatte Glück – wie immer – und bekam eine Oberlidfaltenkorrektur, genau das, was er sich gewünscht hatte. Ich war schwer enttäuscht, er sah danach kaum anders aus als vorher, ausgeschlafener vielleicht, frischer. Für mich war das leider das schlechtest mögliche Ergebnis. Mutter hatte mich noch während der Sendung angerufen und gefragt, ob ich denn glaube, dass das alles wirklich passiere, ob es nicht sein könne, dass alles nur ein *Fake* sei. Weiß der Kuckuck, wo sie den Begriff überhaupt aufgeschnappt hatte. Sie war ehrlich verzweifelt und klammerte sich an diese kleine Hoffnung. Ich sagte ihr, dass ich das nicht glaubte. Beim Koch, der die Woche davor dran gewesen war, war tatsächlich eine Bauchfettabsaugung vorgenommen worden. Bei ihm hatten sich allerdings Komplikationen ergeben, er erlitt einen großen Blutverlust und musste zwei Tage lang Bluttransfusionen bekommen. Danach präsentierte er sich stolz in schwarzen Jeans und eng anliegendem T-Shirt. Bei Philipp wurde der Hals gestrafft, der vorher dem eines Truthahns geähnelt hatte, die Veränderung war augenfällig, Hals- und Kinnpartie waren wieder glatt, er sah zehn Jahre jünger aus. So etwas konnte man nicht faken. Und eine Chance auf Penisverlängerung besaß er auch noch. Als einziger Kandidat hatte er seine Wunsch-OP bekanntgegeben, gleich in der zweiten Sendung. Für mich war er jetzt schon der Sieger, der, der am meisten profitierte von der Show. Er sollte wenig sprechen, um ein optimales Ergebnis zu erzielen, was ihm sehr schwer fiel. In dem Bericht über ihn in den Tagen nach der Operation hatte man ihn mit steifem und blau-rot geflecktem Hals Suppe und püriertes Obst löffeln sehen, er sollte auch noch möglichst wenig kauen. Er konnte ohne ständig zu quasseln nicht den Charmeur spielen und saß gutaussehend, aber griesgrämig neben Paco. Bei der mittelalterlichen Schauspielerin Maxi – in Wirklichkeit war sie im selben Alter wie Paco, der als junger Schauspieler wahrgenommen wurde, für sie lief die Uhr in diesem Business allerdings doppelt so schnell –, wurde ein Po-Implantat eingesetzt, auf beiden Seiten eines. Offenbar waren die Zuseher der Meinung gewesen, sie hätte einen zu flachen Hintern. In der folgenden Sendung musste Maxi auf dem Sofa seitlich liegen, denn in den ersten drei Wochen nach dem Eingriff drohte ein Verrutschen der Implantate, erst wenn der Körper diese mit Bindegewebe verkapselt hatte, konnte nichts mehr schiefgehen. Acht bis zehn Jahre sollte das nun halten, verkündete der Moderator süffisant, – man spürte richtig, wie er Maxi am liebsten einen herzhaften Klaps auf den Po gegeben hätte –, dann müssten die Implantate ausgewechselt werden. Maxi lag mit tapferer Miene und vollgepumpt mit Schmerzmitteln auf dem Sofa, unter dem schlauchartigen Minikleid blitzte das lavendelfarbene Miederhöschen mit Bein heraus, das sie drei Wochen lang Tag und Nacht tragen musste.

Nach der letzten Sendung wurden drei Wochen Pause verhängt, damit sich auch Sarah, die Eventmanagerin, die als Letzte dran gewesen war und bei der nur Hüften und Oberschenkel in festere Formen gebracht worden waren, von den Strapazen der Operation erholen konnte. Auch der Chirurg musste sich erholen, dachte ich, denn es war verstörend zu sehen, wie er die langen Absaugschläuche in die Beine von Sarah steckte und das Fett herauspumpte, das sich in einem gläsernen Zylinder sammelte. Dieser Zylinder sah ein bisschen aus wie eine Wunderlampe aus den achtziger Jahren, das Fett war schmutzig gelb mit dünnen rötlichen Schlieren und bewegte sich leicht, weil ständig neues nachfloss. Zuvor hatte der Chirurg eine verflüssigende Substanz in das Fettgewebe injiziert. Dann schob er den Schlauch hinein und zog ihn wieder heraus, in ziemlich schnellem Rhythmus. Manchmal schaute er gar nicht hin, sondern unterhielt sich mit einer der OP-Schwestern. Es wirkte wie schwere körperliche Arbeit. Die Chirurgen sehen sich immer selbst als Künstler, mich erinnert ihre Arbeit eher an Fleischhacker. Als er mit dem Absaugen fertig war, legte er sich auf Sarahs Beine und schob mit beiden Händen das übriggebliebene Fett hin und her, massierte und modellierte die Beine, damit sich keine unschönen Beulen oder Dellen bildeten.

Nach drei Wochen Pause würde der Gewinner oder die Gewinnerin präsentiert werden, der oder die das ebenfalls erst im Finale erfahren würde. Wieder müssten alle mit nüchternem Magen antreten. Der gewünschte Eingriff würde, wie die vorhergehenden, sofort im Studio-OP durchgeführt und übertragen werden. Vor allem für die Ärzteteams, es gab zwei, war das eine enorme Herausforderung, sie mussten auf alle Eventualitäten vorbereitet sein.

Ich musste jetzt auf einen Sieg Pacos hoffen, damit sich noch irgendetwas veränderte an ihm. Allerdings konnte ich mir genau so wenig wie Jenny vorstellen, was das sein sollte. Die Nase, aber ich glaubte nicht, dass er eine andere Nase wollte. Unsere Nasen waren in Ordnung, nicht zu groß, ohne Höcker, für einen Mann hatten wir die perfekte Nase. Auch das Kinn war tadellos und der Schnitt der Augen. Vielleicht markantere Wangenknochen. Oder würde er tatsächlich eine Performance à la Orlan daraus machen? Das traute ich ihm nicht zu. Er könnte sich zwei Hörner auf die Stirn setzen lassen oder einen Huf ans Bein transplantieren. Oder einen Buckel auf den Rücken. Das wäre das Passende für ihn. Obwohl Jenny ihn täglich mit Fragen bombardierte, verriet er nichts.

Paco kochte wieder, aber schlecht. Er vergaß essentielle Gewürze oder ließ die Zwiebeln anbrennen. Er zerkochte die Spaghetti und schleuderte den Salat nicht, oft genug wusch er ihn nicht einmal. Seit der Nacht, als er und Jenny nach der ersten Show nach Hause gekommen waren und ich sie zu Paco ins Bett gelegt hatte, schlief sie bei ihm im Schlafzimmer, mit der offiziellen Begründung, dass sie neben mir auf dem Sofa nicht mehr schlafen könne, weil es zu eng sei! Ihr, die, wenn es sein musste, sogar wie eine Japanerin stehend eingeklemmt zwischen den Leuten in der U-Bahn schlafen konnte, war es plötzlich zu eng! Und Paco behauptete, er könne unmöglich auf dem Sofa schlafen, weil es nach hinten abschüssig sei, da liege er auf einer schiefen Ebene wie auf einer Sprungschanze, da kriege er Alpträume. Dass er mir vor noch nicht allzu langer Zeit täglich angeboten hatte, auf dem Sofa zu nächtigen, damit ich mit Jenny im Doppelbett schlafen könne, hatte er offenbar vergessen. Ich konnte mich nicht beschweren, ich selbst hatte es forciert, ich hatte sie ihm quasi auf dem Silbertablett serviert. Wo befand sich eigentlich Pauli, wenn Jenny bei Paco schlief? Lag er zwischen den beiden wie ein Kind? Oder hatte ihn Paco unters Bett verbannt? Oder in seine Reisetasche? Es hätte mich brennend interessiert, aber ich konnte nicht nach Pauli suchen, ich verließ die Wohnung früher als Paco, und wenn ich am Abend vom Geschäft nach Hause kam, war er schon wieder da, und Jenny meist auch. Ich hätte Pauli an dem Tag, an dem ich ihn in Pacos Bett (meinem

Bett!) entdeckte, rausschmeißen sollen. Ich hätte ihn vor die Tür setzen sollen, und Paco mit ihm.

In den Nächten lag ich wach auf meinem Sofa und versuchte, Geräusche von nebenan wahrzunehmen. Ich presste mein Ohr gegen die kalte, körnige Wand, aber es war absolut nichts zu hören. Ich vernahm nur mein eigenes Blut, das mir wie ein reißender Fluss durch den Kopf rauschte. Heiße Scham, dass es so weit mit mir gekommen war, dass ich so entsetzlich heruntergekommen war, umspülte mein Gehirn. Ich konnte es selbst kaum glauben, dass ich mich so erniedrigte. Mein Gesicht brannte und muss knallrot gewesen sein, während es an der Wand klebte. Nicht einmal ein Schnarchen oder Rascheln hörte ich, es schien, als ob beide genau so wie ich reglos mit angehaltenem Atem im Bett verharren würden. Oder sie warteten, bis ich eingeschlafen war, aber ich schlief nicht ein, zumindest glaubte ich das.

Ich war in den letzten Tagen so nervös gewesen, dass ich mich entschlossen hatte, beim Finale dabei zu sein. Alleine zu Hause hätte ich es diesmal nicht ausgehalten. Den ganzen Tag über hatte ich wegen der Nervosität nichts gegessen, Paco auch nicht, wegen der potentiellen Operation, er war schlecht gelaunt und unansprechbar. Er war schon am frühen Nachmittag ins Studio gefahren, zu Hause war er nur noch im Kreis gegangen. Jenny würde ich erst vor dem Studio treffen, sie brauchte den ganzen Tag, einschließlich Friseurtermin, um sich für den Abend zurechtzumachen. Eine Oscarnacht hätte ihr nicht mehr Umstände verursachen können.

Mutter musste ich noch vom Bahnhof abholen. Sie hatte sich von einer Redakteurin breitschlagen lassen, beim Finale in der ersten Reihe zu sitzen. Ich weiß nicht, warum sie das tat, aus masochistischen Gründen oder aus denselben Gründen wie ich, ein gewisser Kontrollzwang spielte sicher auch eine Rolle. Vielleicht glaubte sie, im äußersten Moment noch einschreiten zu können, falls Paco sich im Falle seines Sieges doch für eine Operation à la Orlan entschied. Und was würde eigentlich passieren, wenn der Gewinner auf einmal keine Operation mehr wollte? Konnten sie ihn oder sie dazu zwingen? Die Kandidaten hatten gewiss alles Mögliche unterschreiben müssen, womit so eine Situation abgedeckt war. Wahrscheinlich mussten sie Strafe zahlen und die Kosten der ersten Operation dazu.

Zu Mittag war ich noch einmal für eine Stunde beim Tier gewesen, hatte ihm etwas zu essen gebracht, und es hatte mich mit wilden Gebärden auszufragen versucht, was ich glaubte, wer am Abend gewinnen würde und welche Operation Paco sich wünschen würde, sollte er gewinnen. Ich war erstaunt, dass es solchen Anteil nahm, aber ich konnte ihm nicht antworten, verabschiedete mich stattdessen mit einem flüchtigen Kuss von ihm. Nach mehr war mir nicht zumute, obwohl das Tier ungewöhnlich zärtlich gestimmt war. Es hing an meinem Hals und wollte mich nicht gehen lassen. Ich hatte noch seinen enttäuscht-traurigen Blick vor Augen, als ich die Kellertür zusperrte. Ich hatte schon oft darüber nachgedacht, was passieren würde, wenn mir etwas zustieße, wenn ich nicht mehr in den Keller gehen könnte. Ob das Tier auch daran dachte? Womöglich jeden Tag? Ich hoffte nicht, es hatte mir noch nie zu verstehen gegeben, ob es Wert darauf legte, dass ich wiederkam oder nicht. Dazu war es zu stolz, ich glaube, es war sogar so stolz, dass ihm nicht einmal die Möglichkeit, ich könnte einmal ausbleiben, in den Sinn kam. Es war ja auch noch nie passiert. Das Tier musste verhungern, das war klar. Ich hatte noch keinen Weg gefunden, wie ich das verhindern konnte, vielleicht mittels eines Zeitschalters und eines automatischen Türöffners, der sich nach zwei oder drei Tagen von selbst öffnete, aber in technischen Dingen war ich nicht bewandert genug. Ich konnte so etwas nicht selbst einbauen, und ich konnte niemanden deswegen fragen. Selbst wenn ich das Tier während der Zeit an einen anderen Ort bringen könnte, derjenige, der mir den automatischen Türöffner einbaute, würde sofort Bescheid wissen, weil es nur einen einzigen Grund gab, warum man so etwas brauchte. Ich dachte auch, dass so eine Konstruktion vielleicht eine Schwachstelle wäre, dass das Tier die Tür dann von innen aufbrechen könnte. Es tat mir im Herzen weh, ich wollte nicht, dass das Tier verhungerte, aber ich sah keine Möglichkeit, es zu verhindern, außer selbst am Leben zu bleiben.

Ein knochiger junger Mann betrat die Bühne und begann uns zu erklären, wann und wie wir klatschen, lachen oder mit den Füßen trampeln sollten. Zehn Minuten lang strampelte er sich vor uns ab und brüllte herum. Am Ende riss er sich seine Krawatte herunter, knüllte sie zusammen und schleuderte den Stoffball ins Publikum. Eine blonde Frau fing ihn auf und drückte sich die Krawatte an die Brust. Dann band sie sich die Krawatte um den nackten Hals. »Ekelhaft!«, zischte mir Jenny zu. »Die

Krawatte muss ja schweißdurchtränkt sein. Und stinken. Und schuppen.«

»Ich will Emotionen sehen!«, rief der Einpeitscher. »Leidenschaft! Geht raus aus euch!« Während der Show würden wir mittels Leuchtanzeigen informiert, wann wir was machen sollten. Dann bog er sein Knochengestell beinahe bis zum Boden hinunter und trat ab. Die Signation der Sendung setzte ein.

Der Moderator kam auf die Bühne; nachdem er das Publikum begrüßt hatte, rief er die Kandidaten einzeln auf. Sie nahmen wieder auf den Sofas Platz, wieder wurden kurze Cuts gezeigt über jeden, über seine Operation, seine Genesung, ein kleines Interview.

Dann zog der Moderator ein weißes Kuvert aus seiner Brusttasche. »Sind Sie auch so gespannt wie ich, verehrte Damen und Herren im Publikum und zu Hause? Mir zittern regelrecht die Finger! Hat jemand einen Brieföffner für mich?« Ein Assistent trat auf die Bühne und brachte ihm ein Skalpell. Er hielt es in Richtung einer der Kameras. »Kann man das einmal in Großaufnahme zeigen? Mit diesen Dingern muss man verdammt vorsichtig sein! Wenn ich nicht höllisch aufpasse, muss ich selbst noch in den OP.« Schwaches Gelächter im Publikum. Er schnitt das Kuvert auf, nahm das Blatt heraus, entfaltete es, warf einen kurzen Blick darauf und rief mit aufsteigender Tonhöhe: »Unser Sieger ist … Pacooooooo!!«

Paco sprang auf und lief zur ersten Zuschauerreihe, wo Mutter saß. Er umarmte sie, und sie brach vermutlich in Tränen aus, genau konnte ich das nicht erkennen. Eine Zeitlang standen sie fast reglos, dann drückte er sie wieder auf ihren Sitz hinunter. Sie leistete keinen Widerstand.

Sie wirkte plötzlich viel älter und zerbrechlicher als noch vor drei Stunden, als ich sie am Bahnsteig aus dem Zug klettern sah. Sie war voller Elan gewesen, angetrieben von einer energischen Empörung, diese schien nun einer Art Resignation gewichen zu sein. Sie trug wieder ihr Kleid mit den Tigerstreifen, das auch in Pacos Porträt zu sehen gewesen war. Die Streifen hingen nun schlapp an ihrem Körper. Auf dem Bahnhof hatten sie ihr irgendwie noch Haltung verliehen, wie ein Korsett hatten die Streifen sie aufrecht gehalten und vorangetrieben. Sie hatte sich fürchterlich aufgeregt über Vater, der sich geweigert hatte, mitzukommen. Bei diesem erbärmlichen Schauspiel wolle er weder Teilnehmer noch Zuseher sein, hatte er gesagt, und nicht einmal das Taxi zum Bahnhof wollte er für sie anrufen.

Eine Kamera schwenkte zu mir und fuhr auf mich zu. Der Moderator ging in die Richtung der Reihe, in der ich saß. Er winkte mir, ich solle rauskommen. Ich sah Jenny an, sie zuckte mit den Schultern und sagte: »Er wird schon nicht beißen.« Offenbar war sie sauer, dass er nicht sie ausgewählt hatte. Sitzen zu bleiben und nicht rauszugehen wäre noch peinlicher gewesen als einfach mitzuspielen. Mein Gehirn schaltete auf einen automatischen Modus, und ich stand auf und quetschte mich durch die Reihe, bis ich mich vor dem Moderator befand, der mich anlächelte und rief: »Meine Damen und Herren, darf ich vorstellen, Pacos berühmter Bruder, Paul! Einen Applaus bitte!« Sie klatschten und trampelten mit den Füßen. Der Moderator nahm meinen Arm und dirigierte mich in Richtung Bühne. »Sie werden gleich sehen, was es damit auf sich hat, verehrte Zuseher, hier und zuhause. Wir bringen ihn erst einmal zu Paco rüber.« Er grinste mich an, aber er sah dabei irgendwie durch mich durch, als ob ich ein gläserner Mensch wäre, als ob er die Leute hinter mir anlächeln würde. Er hatte noch kein einziges persönliches Wort an mich gerichtet. Paco, der inzwischen wieder auf der Couch saß, rückte ein Stück zur Seite, und ich setzte mich neben ihn, man saß unangenehm tief in diesem Sofa. »Keine Angst, alles wird gut«, flüsterte mir Paco zu. Ich hatte keine Angst, ich hätte nur vor Scham im Boden versinken können.

»Diesmal machen wir es etwas anders, die Art der Operation, die Paco sich gewünscht hat, wird erst verraten, wenn er in der OP-Kuppel ist. Jetzt warten wir auf Amanda, die ihn gleich abholen wird. Paul wird ihn hinausbegleiten, das hat Paco sich auch gewünscht, er möchte seinen Bruder in der Nähe wissen, weil es sich doch um einen größeren Eingriff handelt und – wie Sie wissen – jede Operation ein gewisses Risiko in sich trägt. So viel kann jedenfalls jetzt schon verraten werden.«

Applaus und überraschtes Gemurmel brandeten auf. Das hatten wir gar nicht geübt. Was wohl Mutter in diesem Moment dachte? Ich blickte in die Richtung, in der ich sie vermutete, suchte nach den Tigerstreifen, konnte sie aber nicht entdecken. Die Sitzreihen des Publikums lagen irgendwie im Halbschatten. Vermutlich fragte sie sich, was eigentlich falsch gelaufen war, und wann es begonnen hatte, falsch zu laufen.

Amanda trat auf. Applaus, Füßetrampeln, Pfiffe. Auch das hatten wir nicht geübt. Aus der Nähe sah sie wie die Karikatur einer Sexbombe aus, ihre blütenweiße Schwesternuniform war so minikurz, dass man das Höschen darunter wenn schon nicht sah, so doch zumindest ahnte, und zudem hauteng. Vielleicht trug sie auch gar keines. Es war nicht zu sagen, so genau ich auch hinsah. Und konnte es sein, dass ihr Rock von Sendung zu Sendung kürzer geworden war? Halterlose weiße Strümpfe bedeckten ihre Oberschenkel bis zur Mitte. Auf ihrer dunkel glänzenden und glattgebügelten Haarmähne saß ein kleines Käppchen, das wie ein gefaltetes Papierschiff aussah, mit einem roten Kreuz darauf. Ihr Gesicht war zentimeterdick zugeschminkt. Sie setzte einen strengen Gesichtsausdruck auf und hielt Paco ihre Hand hin, er nahm sie und stand auf. Dann hielt sie mir die andere Hand hin und ich stand ebenfalls auf, wie an einer unsichtbaren Leine gezogen, ohne ihre Hand ergriffen zu haben.

Wir mussten kurz neben ihr stehen bleiben und uns ansehen lassen (zwei gut und gleich aussehende Männer neben einer sexy Frau), dann brachte sie uns von der Bühne hinunter. Ich versuchte nicht zu stolpern, während Paco neben ihr her schritt wie ein König und sein charmantestes Lächeln aufgesetzt hatte. Eine zweite Krankenschwester erwartete uns draußen, Amanda schickte uns ein Kusshändchen und wünschte uns viel Glück, dann verschwand sie hinter einer Tür. Ich begriff, dass sie gar keine echte Krankenschwester war. Die andere war die echte, sie sah auch mehr danach aus. Sie war ebenfalls sehr hübsch, aber nicht so aufdringlich, ihre braunen Haare waren zu einem langen Zopf geflochten, ihr Rock reichte bis knapp zu den Knien und war nicht hauteng, sondern einfach gut geschnitten. Sie trug auch keine schwindelerregend hohen knallroten Peeptoe-Highheels wie Amanda, sondern schlichte weiße Pumps mit moderatem Absatz.

Sie war dezent geschminkt und hatte kein Käppchen auf dem Kopf.

Eine dicke Frau mit einer Friseurschürze trat aus dem Raum, in den Amanda geschlüpft war, und sagte zu Paco: »Hallo Paco, kommen Sie schnell zum Abschminken, ich nehme Sie vor Amanda dran, bei ihr dauert es wesentlich länger.«

Paco ging hinein, ich wartete mit der Krankenschwester.

»Na, schon nervös?«, fragte sie mich.

»Nein, eigentlich nicht, Paco wird ja operiert, nicht ich.«

Sie lächelte, sagte aber nichts. Sie hatte ein nettes Lächeln. Ich war ihr dankbar, dass sie nicht weitersprach.

Paco kam nach ein paar Minuten heraus, ohne Makeup sah er blass und müde aus. Er hatte dunkle Augenringe. Ich fühlte mich kraftlos, mir fiel ein, dass ich den ganzen Tag lang nichts gegessen hatte, so wie er auch, und freute mich auf das Buffet, an dem ich mich zweifellos bedienen konnte, sobald Paco endlich im OP war. Ich hatte nicht vor, Händchen mit ihm zu halten, wenn er unter dem Messer lag.

»Kommen Sie mit.«

Die Krankenschwester ging voraus und brachte uns in einen Raum, der wie ein Krankenzimmer aussah. Paco begann sich auszuziehen und zog einen hellblauen Kittel an, der am Rücken aufklaffte.

»Machen Sie bitte den Oberarm frei«, sagte die Schwester zu mir.

Ich lachte auf, leicht hysterisch, wie mir schien, es war mir auch sofort peinlich. In diesem Moment waren zwei

Krankenpfleger ins Zimmer gekommen, stellten sich links und rechts an meine Seite und hielten mich fest. Die Schwester schob meinen Ärmel nach oben und injizierte mir eine farblose Flüssigkeit.

Ein entsetzlich vertrautes Gewicht ist an meiner rechten Seite. Das kann nur eine Sinnestäuschung sein. Früher habe ich oft davon geträumt und bin schweißgebadet und zitternd aufgewacht. Die Welt war dann wieder ganz klein und eng. An Schlafen war nicht mehr zu denken. Ich musste Beruhigungstabletten nehmen. Vor ein paar Jahren haben diese Träume schlagartig aufgehört. Ich fühlte mich wohl in Sicherheit. Ich möchte mich aufrichten, aber ich werde durch das Gewicht schmerzhaft zurückgehalten. Es zerrt an mir. Mir wird übel. Ich lege meinen Kopf wieder auf das Kissen und schließe die Augen. Ich will mich zur Seite drehen, um die Übelkeit abzuwenden, aber es geht nicht. Jetzt erst bemerke ich, dass Paco neben mir liegt, und nach einigen endlos langen Sekunden begreife ich, dass ich keiner Sinnestäuschung unterliege.

Paco schläft noch. Ich muss Jenny endlich den Schlüssel für den Keller geben.

Inhalt

Linda Stift
Kingpeng
Roman. Deuticke 2005. 160 Seiten

Die Geschwister Kinga und Nick leben zusammen. Kinga, die gern die Boxershorts ihres Bruders trägt, ist nach dem Unfalltod ihres Verlobten bei Nick eingezogen. Gemeinsam betreiben sie einen Partyservice: Sie kocht, er erledigt das Geschäftliche und gibt sich ansonsten seinem Waschzwang hin. Kinga leidet unter Absencen, die möglicherweise mit einer Verdickung hinter ihrem linken Ohr, dem »Horn«, wie sie es nennt, zu tun haben. Von ihrem kleinen Balkon, auf dem nur einige Kräuter und Tomatenpflanzen stehen, sehen die Geschwister eine große Terrasse mit Kübelpflanzen, einer Hollywoodschaukel und reichen gut aussehenden Menschen, die sie fasziniert beobachten. Und plötzlich gehören sie dazu, wenn auch zunächst eher in der Rolle jener, die den Lieferanteneingang benützen. Ein rätselhafter Mord geschieht. Kinga geht ein Verhältnis ein mit einem Mann, dessen Frau mit Nick schläft. Die »Terrakottainsel« verliert ihren Glanz.
Nick möchte mit Kinga fortreisen, so weit wie möglich, vielleicht nach Kingpeng, das in China liegt. Und alles wäre dann wieder wie früher ...
Linda Stifts Debütroman zeigt ihr großes literarisches Talent; präzise und doch schwebend-leicht erzählt die Autorin von subtilen Macht- und Beziehungsspielen.

»Vieles bleibt in Linda Stifts Roman im Dunkeln. Gerade die Vieldeutigkeit lässt ihn aber lange in Erinnerung bleiben. Man bekommt diesen Roman nicht aus der Nase.« Harald Klauhs, *Die Presse*

»Linda Stift hat eine Art schmuddeligen Entwicklungsroman geschrieben, bei ihrem ungefälligen, beiläufigen, aber dennoch sehr exakten Schreibstil könnte man auch sagen, dass sie einem ihre Geschichte förmlich vor die Füße pfeffert. Sehr gelungen!«
Katrin Schings, *Berliner Zeitung*

Linda Stift
Stierhunger
Roman. Deuticke 2007. 176 Seiten

Vor dem Schaufenster einer Konditorei lernt eine junge Frau eine ältere Dame kennen, die ihr anbietet, sich mit ihr einen Guglhupf zu teilen. Ohne genau zu wissen, weshalb, nimmt sie die Einladung an.
Die ältere Dame, die in Haartracht und Kleidung der Kaiserin Sisi ähnelt, lebt mit ihrer Bediensteten Ida in einer Wohnung voll skurriler Erinnerungsstücke. Einladung folgt auf Einladung, Gelage auf Gelage, scheinbar harmlose gemeinsame Museumsbesuche erweisen sich als minutiös geplante Raubzüge, auf denen weitere Exponate, wie etwa die Kokainspritze der Kaiserin, herangeschafft werden. Und wenn es sich als nötig erweist, schrecken die Damen auch vor dem Einsatz von Sprengstoff nicht zurück. Längst ist die junge Frau zur Komplizin geworden, und längst hat auch ihre überwunden geglaubte Fresssucht, der »Stierhunger«, wieder von ihr Besitz ergriffen.
Linda Stift führt uns hinter die brüchigen Fassaden des alltäglichen Lebens, dorthin, wo der Wahnsinn stets ganz nahe ist.

»Verspielt und leichtfüßig bearbeitet Linda Stift das historische Material, transponiert es in die heutige Welt.«

Alexandra Millner, *Falter*

»Ein solch maliziöser Psychothriller kann nur in Wien entstehen.«

Katrin Hillgruber, *KulturSPIEGEL*